天上十印　著
龍樹　挿画

神炎暗黒神列伝

明窓出版

主な登場人物

アシュラ……人工保育器で十二才まで育った娘、一時、雑猫族《ノーマル・キャット》の千代に育てられ、後に魔眼団《マガンダン》の首領、吉象《キチゾウ》の養女となる。

千代……雑猫族の女、アシュラを一時、育てる。

菩殺……世捨団の首領、死笑《シショウ》面をもつ。

月我意……縁出《エンデ》村の警備担当。

吉象……白像《ハクゾウ》族、魔眼団の首領。

少花……女狐族の少女。

タケミナカタ・ラー……ラー王家の王、後のアーリマン・ラー二十三世、ミノタウルス王とカーリー女王の間に生まれる。

ミノタウルス・ラー……タケミナカタ・ラーの父。後にヘロディア・ハジュンとの間にサロメをもうける。

サロメ……ミノタウルス・ラーとヘロディア・ハジュンの娘。タケミナカタ・ラーの異母兄妹。

ヒドラ提督……人造人間。宗教都市、盤爆《バンバク》の連邦軍提督。

闘増《トーマス》……アモン家の一族。有翼《ユウヨク》の獅子族。

亜脳《アノウ》・有魔利屈《アルマリクツ》……麻薬密売組織の軍事衛星、闇月《ダーク・ムーン》の司令官。

エフ……天馬《ペガサス》族、吉象の配下。

コウキョウ……星竜《ドゴン》族、元記者。

神炎暗黒神列伝　目次

アシュラ少女編

母と娘（一）

〝愛を乞いたいほど心が寒い〟

雑猫族《ノーマル・キャット》の千代は心の奥で叫んでいた。しかし、心も寒いが彼女の体はそれ以上に冷えている。その上、もうずいぶん食べていないのでふらふらするほど空腹だった。冬至の真夜中、彼女は口を開く事さえ体温を奪われるのではと怖れていた。千代はこれ以上、体温を失うと、凍死しかねないほど追い詰められていた。

千代がいる場所は、神都《バベル》の郊外にある炎鬼太陽神殿《エンキ・ラー》の森だった。随分と昔に人類は母星を離れて、太陽系《インドラ》の他の五つの惑星へ移住を開始した。しかし夢を持って移住を開始した人類はすぐに、過酷な環境に適応する必要に直面した。

そして多くの人が遺伝子操作や人造人間化を行い、いまや人類は、人型より動物型のほうが多い社会となっていた。結局、宇宙への空間の拡大は、人類社会に内在した問題を解決する事より、むしろ激化させていた。各惑星にあるほとんどの国において、一部の上流階級と大多数の下流階級とに人々が分断されていた。それらの国々では、上流階級に生まれた者は、どんなに無能でも大臣にも首相にさえもなれた。

一方、下流階級に生まれた者は、どんなに優秀でも、学校にさえいくことができなくなっていた。千代は下流階級に生まれ、平凡な家庭を望み平凡な結婚をしたのだが、結局ダメだった。夫婦とも平凡であり普通だったので、夫の収入だけでは、子供と家の両方を手に入れることはできなかった。その為、千代も働くことにした。しかし共働きの生活は、千代と夫から心の余裕を奪ってしまった。結局、夫が浮気をし、千代もあてつけで浮気をして、あっけなく家庭を失ってしまった。その後、千代は浮気相手の借金と生活費を稼ぐために娼婦になった。しかし、美人でもなく、スタイルがいい訳でもない千代が中年になった時、娼婦では稼げなくなってしまった。稼げなくなった途端、浮気相手は新しい女の下《もと》へと去っていった。

残された千代は、住む場所も僅《わず》かな蓄えも失《な》くし、生きていく気力さえ失っていた。そして、千代は人気《ひとけ》のない森でまさに凍死しようとしていた。町の中はここよりはまだ少しだけ空気は暖かだった。が、そこは救世主降誕祭《ミトラパーティー》で家族連れが子供を連れて楽しそうに歩いている。その光景は、家庭ばかりか全てを失ってしまった千代には見ていられなかった。

千代「私にも娘さえいたら……」

思わず言葉が漏れた。そして千代は浮気相手に捨てられた今になって、大切なのは外見でも収入でもなく人間性だとやっと分かった。そして夫が浮気する前に千代は夫に対してもっと女であろうとすればよかったとも思うのだった。さらに家と子供の両方ではなく、せめて女の子が一人でもいればばと還《かえ》らぬ過去をまた後悔するのだった。

千代「もしも女の子でもいれば……」

再び、心の奥から千代はつぶやいていた。その時、青輝星《シリウス》が一瞬光った。

〝ママ……、ママ……〟

千代の心に神殿の方向から声が聞こえた。千代は空腹も忘れ、だれが開こうとしてもまったく開かなかった神殿の扉に手を触れてみた。その時、扉は千代を受け入れるように開いた。

〝ママ……、ママ……〟

まだ、声がしている。千代は吸い込まれるように神殿の次の扉へと向かっていく。

そして千代が手を触れると、次々と扉が開き千代はわずかな照明しかない中をさらにどんどん進んでいく。扉は千代が入るとすぐ閉まっていく。

とうとう千代は暗く小さな部屋にカプセルを見つけた。その半透明なカプセルの中には十二才位の少女がへその緒をつけたまま眠っていた。千代には、それが話に聞いた人工保育器だと分かった。この少女は生まれてすぐ人工保育器に入れられ、今日までこの中で育っていたのだろう。この人工保育器は、睡眠学習装置も兼ねており、いろいろな言葉が聞こえ、文字の光がカプセルから漏れてくる。

千代は、まず雑猫族らしく、両手をなめる。そして勇気をだしてカプセルに触れようと手を伸ばす。その時、カプセルが開き少女が起き上がる。はずみでへその緒が切れ、血が流れるがすぐ止まる。

千代「名前は?……」

〝アシュラ〟

この時、少女は口を動かしてはいなかった。その時、千代は、さっきからママ、ママと聞こえていた声が、実はテレパシーで直接頭の中へ届いていた事を知った。

〝ママ……〟

また、アシュラがテレパシーで話しかけ、さらに微笑する。その微笑を受けとめて千代が頬をこすり付ける。まだ、ぎこちなく体を動かしてアシュラが千代に抱きつく。そしてやっと口から言葉を出す。

アシュラ「マ、マ、」

千代は涙が流れるままアシュラに語りかける。

千代「ええ、ママよ。ママなのよ」

千代は、かつてのように生きる力が戻ってくるのを感じていた。これが、アシュラと千代の出会いだった。

母と娘（二）

千代は神殿の金庫を開けて金を手に入れ、自分とアシュラに必要な食べ物や衣類を買うために、町へ出かけていった。千代はその時は必死だったので、どのように金庫を見つけ、開けられたのかをよく覚えてはいなかった。かなり後になって、金庫の場所も開け方もアシュラからテレパシーで教えてもらったことを知る。

結局、それから三ヶ月近く、千代はアシュラと神殿の中で過ごすことになる。アシュラは睡眠学習で知識だけは千代より比べられないほどあるが、食べ方から服の着方まで全くなっていなかった。その為、千代は一つ一つ、赤ん坊にするようにアシュラに教えることになった。ただ、千代にとってはそんな母親らしい世話が楽しくてしかたなかった。千代がそんな気持ちで接しているからなのか、アシュラはあっという間に覚えていく。

　そしてアシュラは見事な黒い肌と、はっきりした眼をもつ普通の十二才の少女になっていく。そんなアシュラが、普通の少女に近づけば近づくほど千代はこのまま、神殿の中にいる訳にはいかないと思い始めていた。千代自身はすでに人生に失敗していたが、アシュラにはやはり好きな人を見つけて幸せになってほしかった。その為にはアシュラとこのまま神殿の中にいる訳にはいかない。

　それに人工保育器のある部屋の天井には、古代の神族《ネフリム》が起こしたという伝説の核戦争の絵があるのも不気味だった。

　ただ、神殿の外はあまりに毒気《ストレス》が充満していた。その毒気は、それを受けると、親子、兄弟、姉妹、夫婦でさえもいがみ合い、罵《のの》りあい、殺し合いを起こすほどひどかった。そんな世界に、あまりにも素直な少女であるアシュラを晒《さら》すことに千代は臆病になっていた。子供はいつまでも親の手の届くところにいない。そんな事は分かっていても千代も人並みの親のように心配になっていた。

　そんななか、千代は酷い風邪をひいてしまった。その為、普段なら周囲を注意しながら千代は神殿の扉を開けるのだが、その日は帰り着くのがやっとで、町から千代をつけてきた小猿族《チンパンジー》の不良たちの存在に気づかなかった。彼らは、千代が女一人で、そのうえ金を持っていたので後をつけてきたのだった。彼らに気づいたのは、頭を殴《なぐ》られ気を失う直前だった。彼らは神殿になだれこんだ。そしていくつかの扉を開け、金庫を探して大きな鏡のある場所へと入ってきた。彼らはその大きな鏡に全体が灰色がかった姿で映っていた。

その鏡は人の霊気《オーラ》、つまり心の状態を映す鏡だった。彼らがその鏡に映った自分たちの姿に怒り、鏡を壊そうと近づいた時、アシュラが鏡の後ろから全裸で燭台を二つ持って現れる。

小猿族「そこをどけ」

アシュラ「許さない」

アシュラの言葉に怒った小猿族の一人が言う。

「やっちまえ」

彼らが叫びながらアシュラに襲い掛かろうとした次の瞬間、全員、息絶えていた。

後に神炎暗黒神と呼ばれ、太陽系最強の戦士の一人となったアシュラのこれが最初の戦いだった。生まれた時からアシュラは戦闘に関する英才教育を人工保育器で受けていた。その上、アシュラは超人的な運動能力と回復能力をもつ神族の一人だった。

人類が各惑星に移住を開始した時、ほとんどの人々は遺伝子操作や人造人間化を選択した。

しかし一部の密教《メソッド》をもつ人々はその力によって課題を克服していた。そのような人々は神族とよばれ、様々な超能力をもっていた。

最初に千代に話かけた方法はテレパシーであり、今、小猿族の侵入を感知したのもそういった能力だった。ただアシュラは、自分が神族である事を千代が知って、母であることに自信を失うことを最も心配していた。その為、アシュラは千代をベッドに運んだ後、小猿族の死体を地下墓地へ入れて隠してしまう。その上、全ての死体が片付いた後、床の血をきれいにふき取り、自分自身もシャワーで返り血を洗い流す。アシュラは、もし衣服に血がついたままだと、千代が心配するだろうと思ったので、千代を心配させない為、なるべく血が出ない武器として燭台を使い、衣服を着けなかった。もともと神殿の全ての扉はアシュラのテレパシーによって開閉する構造になっており、千代がいかない大きな鏡のある部屋へ小猿族を引き入れるほどアシュラは気を使っていた。アシュラは小猿族との戦いの証拠を完全に消してから千代の看病を始めた。

夜明け前、まだ空が少しだけ青みがかった頃、千代はやっと熱が下がり、殴られた痛みで目をさました。ベッドの側には心配そうなアシュラがいた。

千代「もう大丈夫、ありがとう」

千代はずっと看病していたアシュラに声をかける。

アシュラ「ママ、何処かへ行こうよ」

この言葉で、気を失う前に襲われたことを千代が思い出す。アシュラはアシュラで小猿族を始末した以上、一旦、ここからいなくなったほうがいいと判断していた。

千代「やつらはどこなの？」

千代は自分の気を失う前に嗅いだ臭いを思い出して小猿族のことを聞く。まだ、かすかだが小猿族がつけていた強い香水の臭いが残っていた。

アシュラ「あいつらはもういないよ」

アシュラの言葉を、千代は小猿族が金目の物をもって去っていったと受け取った。

千代「大丈夫だった？　何もされなかった？」

千代が心配そうに聞く。

アシュラ「何もされなかったよ」

アシュラの答えにほっとした千代が起き上がり思わずアシュラの顔を舐めてしまう。千代は感情が高ぶるとつい雑猫族の本性が出てしまう。

その次の日の真夜中、千代とアシュラは神殿から旅立った。

理想郷《ローカル・ピア》（一）

黒白神《ヤヌス》の像がある小高い丘の上で、千代とアシュラは休憩していた。

二人は神殿から持ってきた金貨の半分をさっき目立たないところへ埋めたばかりだった。

アシュラが質問する。

アシュラ「なぜ、埋めたの？」

アシュラのあどけない表情の質問に千代が答える。

千代「それはね、ママが村から追い出された時の為に埋めたの」

千代はこれから行く縁出村《エンデ》が、売春婦の入村を禁止しており、売春については過去であっても、知られた場合、追放される。その事を心配しての用心だった。他に方法がなかったとはいえ、一時、娼婦の過去をもつ千代は追放されるかもしれなかった。それでも千代が縁出村へ向かう理由は、村が利息の付かないお金を使っているからだった。つまりそういう村なら自分のように借金でアシュラが苦労することはないと思うからだった。千代はもうこれ以上、借金で苦労するのはウンザリしており、アシュラには借金で苦労をさせまいと決意していた。

縁出村は現在のお金中心主義からの決別を唱える亜久田《アクタ》流介《リュウスケ》を中心にその賛同者たちによって作られた村だった。そういった考えを持つ縁出村の流介たちにとってみれば、娼婦こそがお金中心主義の象徴に見えていた。千代はそれを仕方のない事だと思っていた。理想を主張し追い求める者は、常に大変な抵抗と苦労に直面する。だから理想を追い求める者には、抵抗と苦労を乗り越える確固たる信念と行動力が必要とされる。だが、しばしば確固たる信念は頑固な固定観念となり、柔軟性を欠き現実を見失うことにもつながっていく。

縁出村の流介たちも、〝地域通貨〟という理想については旧来の常識から一歩前へ踏み出していた。しかし、その他の面については普通の常識という固定観念に囚われていることに気づかない。千代が追い出されると話したのでアシュラが心配そうに言う。

「なぜ、ママが追い出されるの？」

千代が少し悲しげな表情で答える。

「全てがお金の世の中で、ママみたいな女が一番、苦労しているのが分かってないからだと思うよ」

娼婦たちこそが最大の犠牲者であるのに、偏見が彼らにその事実を理解させようとしない。

アシュラ「なぜ、分かってくれないの？」

千代「大きな理想を持ってる素晴らしい人たちだからかね」

アシュラ「ママだって、すてきで優しいよ」

千代はアシュラの頭をなでる。

千代「世の中には、人の弱さや悲しみや、どうにもならない事があるのを経験したことがない人もいるのさ」

千代は、そんな人には、どうしようもない人間の気持ちを分かりようがないと思っている。

千代がアシュラを引き寄せしっかり抱きしめて言い聞かせるように話す。

千代「これだけは、はっきりしてる。お前が追い出されることはない。お前はいい子だし、なにより優しいからね」

アシュラは質問するのを止めた。千代が涙ぐんでいた。

それから千代とアシュラは村へ入り、村役場へ行って村への移住申請を出した。その後、千代とアシュラは村役場の待合所で待たされ、夕方近くにやっと移住申請の審査会が開かれた。

千代は緊張のあまり、握った手に汗をかいている。審査会のメンバーは全部で五名、中央に村長で鳩族の亜久田 流介がいた。向かって右側に村役場の助役、小猿族《チンパンジー》の苦地先《クチサキ》 正儀《セイギ》、その横に住民代表の同じく小猿族《チンパンジー》の三猿《サンエン》 保信子《ホシンコ》がいる。
左側には新規住民を支援するボランティア代表で、村長の娘でもある鳩族の亜久田 ユリがおり、その横には警備担当で黄色い肌をした人族の月我意《ゲツガイ》がいた。
千代はなるべくアシュラとの違いが目立たないように努力して黄色い肌の人型に変身して座っている。そんな千代に正儀が冷たく突き放すように言う。
正儀「村には有名人や芸術家の先生たちが地域通貨《ローカル・フェア》の理想に賛同してやってくるんです」
千代「知っています」
正儀「あんたたち親子のこの村への移住の理由は？」
千代は手に力を入れて答える。
千代「この村を紹介していた記事を見たからです」
正儀「ですから記事の何が理由ですか？」
千代「記事に写っていた子供たちの表情が生き生きとしていたからです。こんな村で娘を育てたいと思ったんです」
保信子が蔑《さげす》むような目で言う。

保信子「あんたたち親子に何ができるの？　ここは浮浪者のボランティア施設じゃないんだけど」

村では自給自足を目標にしながらも、科学肥料や殺虫剤を使わないため、自分たちが食べるための作物を作るのがやっとだった。その為、村の外への販売はほとんどできないのが現状だった。しかし、薬品の購入や、酷税の支払にはどうしても国家通貨《エン・ドル》が必要だった。

酷税とは公租公課の仇名だった。そして、この公租公課の内容には所得税、消費税といった税金だけでなく、年金、健康保険、高速道路の通行料まで含まれている。

つまり、選民官僚《キャリア》が自分たちの組織と天下り先の利権用に集める全ての金だった。本来、国民全体のために集めていたはずだった。しかし、いつの間にか今や選民官僚のために集めている金の方がはるかに大きくなっていた。その結果、日々の生活におわれ、結婚できない人々が増加していた。

その上、医療費が抑制されて、医師と看護師が不足し、医療は危機的状況だった。

そのように国民に酷い生活を押しつけていながら、選民官僚は天下り先から何千万エン・ドルの高額な報酬を受け取っていた。その為に、国民に残酷な生活を強制する公租公課という意味で酷税という仇名がついている。

このように酷税が多額であるため、村はいつも理想に共鳴してくれる支援者たちと、村への移住希望者の寄付金に頼っていた。だから現状では、せっかく移住の希望者がきても、寄付金がないために帰ってもらうことが多かった。

千代「お金なら一千万エン・ドル有ります。施しを受けにきたんじゃありません」

金が十分あると分かった途端に正儀の表情は愛想笑《あいそ》いになり、保信子は沈黙する。それまで黙っていたユリがアシュラに向かって発言する。

ユリ「この子の目はとても綺麗だわ。この子の母親だもの、受け入れてあげればいいと思う」

保信子が反発して言う。

保信子「この親子に何ができるというの?」

警備担当の月我意が発言する。

月我意「この子はとても足が速そうだ。配達はできるかな?」

アシュラ「できるよ」

さっきから興味深々と村長たちを見ていたアシュラが答える。村では自給自足を目標にしている為、ガソリンを使う自動車などはなく、配達は人力で行なっていた。その上、道は雨が降るとぬかるむ泥道のため、配達は男でも大変な作業だった。

保信子「じゃあ、母親には皿洗いでもやってもらおうかしら」

食堂の皿洗いも結構大変な作業で人手が不足していた。

千代「皿洗いをやらせてください」

千代が答え、村長の流介を見る。

村長「この親子を村に受け入れる。母親には食堂の皿洗い、子供には放課後に配達の助手をしてもらう」

千代はほっとしてアシュラの頭をなでる。

理想郷（二）

アシュラは朝から月の輪熊族である朋友《ホウユウ》の助手として村を走りまわって配達をしていた。

実は、昨日、ボランティアのユリが、小学校と中学校の教材を持って来たのだが、アシュラが興味がないと答えると、無理に行けとは言わなかった。実際、教材の内容はアシュラが睡眠学習で知っている内容ばかりであった為、彼女には意味がなかった。その結果、アシュラは朝から配達の仕事を手伝うことになり、村中でさまざまな鳥、植物、昆虫などを見つけることができた。これまで通ってきた村では、殺虫剤でまったく見られなかった鳥、昆虫などがこの村と周辺の森には多くいた。アシュラはそんな鳥や昆虫のことを配達が終わる度に朋友に眼を輝かせながら話すのだった。警備担当の月我意から「アシュラは多分、神族だ」と聞いている朋友は、アシュラにゆっくり走るように注意する。しかし、アシュラはそれでも午前中の早い時間に全ての配達を終えてしまう。アシュラがさっき見たホオジロの説明の後、朋友に質問する。

アシュラ「なぜ、また失敗するのに、この村では地域通貨をやるの？」

朋友は驚いた表情でアシュラを見る。地域通貨はかつて第一次世界恐慌の後、四千以上もあったが結局、国家権力によって禁止されていた。取るに足りない程度ならともかくそれなりの規模で成功した場合、必ず地域通貨は国家権力によって禁止される。まさかそんな歴史を知っているはずはないと思いつつ朋友は説明する。

朋友「でもだ、この村の地域通貨には利息がつかないんだ。つまり元金だけ返せばよくて、借りた人を苦しめないんだよ」

アシュラ「つまり、借金が借金を作らないって事？」

朋友「その通りだ。だからすばらしいんだ」

朋友はこれでアシュラを納得させたと思った。

アシュラ「リスクはどうするの？」

企業の利益には需要と原価の価格差以外にも不確実な未来に対する危険負担の要素もあった。金の貸借についても、返金されない危険負担がなければ貸すという金融自体が成り立たない。但し高利貸しは別である。高利貸しの本質は、不確実な未来に対する危険負担の要素の方が大きく、本質は博打である。つまり高利貸しは金融ではなく博打である以上、禁止されるのが当然だった。朋友が質問する。

朋友「いったいどこで習ったんだ？」

アシュラが自分で考えているとは思えないので朋友は思わず質問する。

アシュラ「眠っている間に聞いた」

そしていままでアシュラが十二才になるまでずっと睡眠学習だったと知った時、朋友は思わず周囲を見回していた。アシュラが神族であるだけなら太陽系の各惑星に少数だがいる。

だが生まれてからほとんどが睡眠学習だった神族など朋友は聞いた事がない。朋友には、アシュラは生きていること自体を隠さなければならないとしか考えられない。朋友はアシュラに注意する。

朋友「ここでアシュラが話した事は秘密だ。そして睡眠学習も秘密だ」

アシュラが肯くと朋友は彼女を連れて月我意のいる場所へ向かう。月我意は村の東の方角にある丘の上にいた。村の南側には蒙千湖《モーセンコ》があり、北側は深い森になっている。

その上、村の東西は水田が広がっているので、村にはいる方法は東と西の道だけだった。村の警備担当である月我意は、村へ侵入しようとする者は、きっとこの丘から村の様子をうかがうと思ってここにいた。そこへアシュラが現れ、その後から朋友が息を切らせつつ上がって来る。

朋友「おい、北天《キッ》、いや月我意、ちょっと話を聞いてくれ」

月我意の本当の名前は北天《キッ》、かつては唯問《ユイマ》派の北天と呼ばれており、月我意も又、神族であった。この唯問派とは在家法を実践するグループの中で、自分で自分の心に問いかける方法を中心とする一派の名称だった。

ただ、前の大戦で自分が参加した側が敗北したため、今は偽名を使い連邦政府の指名手配から逃れていた。そのため、村では月我意は神族であることすら隠していた。朋友は月我意に、アシュラが十二才になるまで睡眠学習していたことを説明する。アシュラは生きている事自体が許されない神族であるかもしれないと月我意も考える。そうであればアシュラに今、最も必要なものは自分自身を守る力のはずだった。
月我意「武術に興味はあるか?」
アシュラの眼が輝き、にっこり笑って答える。
アシュラ「強いよ」
月我意は苦笑しつつ、近くに置いてあった鉄の棒のうち一本を渡し、月我意も、残りの鉄の棒で構える。月我意はいつもは朋友と練習しているが今日はアシュラの力量を見ることにする。月我意には、今まで連邦政府の賞金稼ぎと何度も戦って生き延びてきた自信があった。
月我意「よし、こい」
月我意の言葉を合図にアシュラが打ち込む。すでに朋友は二人の邪魔にならないように少し離れた場所に移動していた。その朋友が見たのはアシュラの打ち込みを避け、反撃するはずの月我意が反撃どころか防戦だけで手一杯になっている光景だった。アシュラは周囲に七色の霊光《オーラ》を発し、月我意が金色の霊光を発しはじめる。アシュラに教えるつもりの月我意は、このままでは負けそうになる。ついに月我意は自らの奥義である人智剣を出現させる。
朋友「やめるんだ、二人とも!」

朋友の言葉で二人の動きが止まる。
月我意「傷つけるつもりはない。しかし、まさかこれほどの力をもっているとは」
月我意がかなりの戦士であることを知っている朋友も驚いていた。アシュラがあどけない笑顔で聞く。
アシュラ「さっき、手から出てきた剣はなに？」
月我意「あれは人智剣といって人が輪王《ミトラ》になった時にもつ神剣だ」
アシュラ「輪王？　あの神文《マントラ》を唱えてなる在家法《ザイケホウ》の輪王？」
この時、月我意はアシュラが自分とおなじラー一族に関係がある事を確信する。遥かな昔、神々と呼ばれる存在が自らの遺伝子を使って人類を創造した時、神々はある封印を人類に施した。つまり、神々は人類を創ったとき、将来、人類が自分たち神々を脅かさないように遺伝子の一部に封印を施し、人類の能力を制限した。ただ、その中の一つは知恵の木と呼ばれる封印で、すでに炎鬼太陽神《エンキ・ラー》によって解かれていた。残りのもう一つが生命の華《フラワー・オブ・ライフ》とよばれる封印で、今はまだ未解明の遺伝子の中にあった。この生命の華とよばれる封印を解く鍵が在家法という密教《メソッド》だった。
前の大戦は、全ての身分制撤廃と在家法の公開を主張する勢力と、現体制を維持する勢力の間で起きたものである。

在家法の公開を主張する勢力は光覚帝とそれを支持するラー一族たちであり、現体制を維持しようとしたのがアモン家だった。つまり前の大戦はラー一族とアモン家の対立を中心にした戦争の側面も持っていた。アシュラが在家法と神文の言葉を知っている以上、ラー一族かそれにかなり近い関係者のはずだった。

月我意「神言《チャンディー》、神呪《バール》、神語《ハリティー》を知っているか？」

アシュラ「知ってるよ」

月我意が口にした言葉こそ在家法の神文《マントラ》だった。

月我意「聖音《オーム》、聖語《シャンティ》は知っているか？」

アシュラ「知らない」

神文が活性化の効果をもつとすれば、これは神文とは逆に落ち着かせる効果を持つ。

アシュラ「神言《チャンディー》、神呪《バール》、神語《ハリティー》！」

アシュラが大きな声で神文を唱える。

月我意「違う。小さな声でいいんだ。大切な事は意識をはっきりさせて繰り返すことなんだ」

月我意は神文の最大のポイントである〝意識を明確にする〟ことを強調する。アシュラが小声で神文を唱え始める。

月我意「心言は知ってるか？」

アシュラが少し考えてから答える。

アシュラ「心言連唱のこと？」

心言連唱とは言葉のグループを千回づつ言葉には出さず心の中だけで唱える方法だった。これは主に風邪などで体調を崩し、声が出せない状況において体調を戻す時に行う方法だった。

「神言《チャンディー》、神呪《バール》、神言《ハリティー》」

体調を戻す時に、これを千回を単位に声に出さずに心の中で唱えて使用する方法が心言連唱だった。もちろん、時間があれば通常時でも使用できる。これで分かるように、声を出すのは意識が飛ばないようにするためであり、なにも大声で唱える必要はない。

アシュラ「ちゃんと分かればいいってこと？」

月我意「そうだ、大切な事は意識をはっきりさせて繰り返すことなんだ」

アシュラが再び小声で神文を唱え始める。その様子を見て月我意が朋友に話す。

月我意「この子は多分、眠っている間に神文を唱えている。つまり、すでに半ば在家法で封印を解いている」

朋友が月我意に聞く。

朋友「じゃあ、あんたとこの子がいれば、世捨団《ヨステダン》から村を守れるんじゃないか？」

村は、希少金属が見つかったために死源管理財団の依頼を受けた世捨団から立ち退きを迫られていた。死源管理財団は選民官僚《キャリア》の天下り先の一つであり、正式名称は資源管理天下財団だった。ただ希少金属が見つかると、世捨団などを使って死人まで出すので死源管理財団という仇名がついていた。その死源管理財団から金を貰って村人を立ち退かせようとしているのが世捨団だった。世捨団とは、家族から見捨てられ、世の中にいないことにされて行き場がなくなった人々の集団だった。彼らは人身売買、臓器密売、麻薬密売から、自殺に見せかけた暗殺まで、金になることならなんでもすると噂される集団だった。村の地主の中には世捨団の恐喝を無視して殺された者もいた。村の苦しい国家通貨のやりくりの為にいろいろ調査して見つけた希少金属がとんでもない事態を引き起こしていた。月我意がこの村に雇われたのも世捨団からこの村を守りたいと朋友に頼まれたからだった。しかし、村の東と西の二ヶ所を月我意一人では守りきれない。もちろん、元傭兵であった朋友も戦士だったが、人殺しのプロである世捨団の集団戦法に勝つだけの力量はなかった。世捨団は、強い相手には三人一組になってむかう戦法をとっていた。しかし、もしアシュラがいれば村の二ヶ所を守ることができる。

月我意「しかし、あの母親が納得するか……」

母親として千代が反対するのは当り前だった。

朋友「なんとか考えてみるよ。なにしろ村の存亡がかかっているんだからな」

アシュラが神文を唱えるのを止めて質問する。

アシュラ「何回唱えるの？」

月我意「経典では、宿業は十万回、人を殺すような重悪業でも七十万回で変わるとある」

アシュラ「本当にそんなに必要なの？」

月我意「これはあくまで目安だと思う。各人でそれぞれ違うはずだ」

アシュラが二人の話で気になった事を聞く。

アシュラ「世捨団って悪いやつらなの？」

朋友「当たり前だ。金のためなら人殺しでも何でもする人でなしの連中だ」

アシュラたちがそんな会話をしている丘の上はまだ晴れており、雲は遠くに見えるだけだった。

理想郷（三）

千代とアシュラが村に入ってからすでに六日が過ぎていた。千代は、割り当てられたプレハブ住宅で食事の支度をしている。村長の流介たちが来るまでは、縁出村は減界村《げんかいそん》とさえ言われていたぐらい寂れており、民家もそれほどあった訳ではない。減界村とは、若者が都会へと出て行き、老人ばかりとなってまさに、村という世界が減っている状況に対する仇名だった。その為、本来なら古い民家を補修すればいいのだが、住民の急増で間に合わなくなっていた。そこで、仕方なく村のあちこちにプレハブ住宅を立てて対応していた。その中の一つに千代たちはいた。プレハブ住宅のため十分な広さがあるとは言えないが、たとえ狭くても千代は満足していた。それは、千代が食堂の仕事に慣れてきたせいもあるが、最大の理由はアシュラとの平和な日々だった。とりわけアシュラがその日に見た鳥や昆虫などの話を夕食の時に聞くのが千代はなによりの楽しみになっていた。アシュラが眼を輝かせて話すのを聞いていると、自分自身の子供の頃を思い出すような気がするのだった。もちろん、千代は普通のありふれた子供だったので全てがアシュラの話のように光に満ちていたわけではない。でも、もしかしたら自分にもあったかもしれないとアシュラの話を聞いていると思えるのだった。

実際は千代の両親もまた、お金に苦労し、そのことでいつも喧嘩《けんか》がたえなかった。だから、千代は結婚したら自分たちは家庭には毒気《ストレス》を持ち込まないようにするつもりだった。しかし、千代もまた親と同じことを繰り返した挙げ句、結局全てを失ってしまった。そして千代はこの村に来た事は間違っていなかったと改めて思うのだった。千代はアシュラの様子を見ていると、たとえ自分の過去が知られ、村から追放されても、アシュラにはこの村にいてほしいと思うのだった。アシュラにとって自然にあふれた村は、まるで生きた宝物の世界だった。千代はそんなアシュラを見ていると、もしここに別れてしまった夫がいたらとふと思うのだった。

ひとしきりアシュラが今日の発見を話し終わると千代が聞く。

千代「もし、パパがいたらアシュラは同じようにお話できるかな？」

アシュラ「同じようにできるよ」

千代が笑いながら聞く。

千代「アシュラはパパがいてもいい？」

アシュラは少し考えてから答える。

アシュラ「ママと喧嘩しないならいい」

子供にとって父親と母親は自分の重要な拠り所である。その拠り所である父親と母親が毒気《ストレス》を家庭に持ち込んだ場合、深刻な被害を受けるのは子供だった。今なら千代には毒気を家庭に持ち込まない自信があった。しかし、かつての夫はどうかと考えると自信はなかった。アシュラが千代の顔をじっと見ている。千代にとっては半分冗談でも、これはアシュラにとって重大な質問であったことに千代が気づいて言う。

千代「そうだね、仲良くできないパパならいらないね」

毒気をばらまく夫は、アシュラのためによくないと、千代は思って言った。千代はサバサバした気持ちで村の集会場へアシュラを連れて行く準備を始める。

千代とアシュラが集会場に着いた時には、村の大人たちのほとんどが集まっていた。しかし子供はアシュラだけである。千代は朋友からアシュラも連れてきてほしいと言われていたので連れてきたが他に子供はいない。千代が他の子供がいない訳を聞こうと思っているうちに、アシュラを確認した月我意が村長の流介に集会を始めるよう促す。

前の列の中央には村長で鳩族の亜久田 流介がいた。右側には小猿族の苦地先 正儀、住民代表の三猿 保信子、左側には月我意と亜久田 ユリがいた。千代とアシュラは遅れてきたので一番後ろにいた。村長の流介は村で見つかった希少金属を狙って世捨団から立ち退きの脅迫がきていることを報告する。

村長「どうやら分析調査を頼んだ研究所から話が漏れたらしい」

〝世捨団、世捨団〟

恐れと不安を乗せて集会場の中を言葉が渡っていく。正儀が落ち着かない声で話し始める。

正儀「おれたちは何も悪くない。理想を実現しようと、ここまで苦労してやってきただけだ。ただ、相手が危険すぎると思う」

正儀が横目で保信子を見る。

保信子「世捨団は自分たちが四十人以上のプロの集団だと村長に言ったそうだけど、本当なんですか？」

村長「ああ、そうだ。人殺しのプロ四十人以上でこの村に来ると言っていた」

集会に集まった村人に恐怖の表情が浮かぶのを確かめ、保信子が月我意に聞く。

保信子「彼らを相手にして村に一人の犠牲者を出さずに守れると約束できるの？」

保信子と村人が警備担当の月我意を見る。正義も保信子も世捨団と戦うつもりがなかったので、わざと無理な条件で月我意に聞いたのだった。
月我意「世捨団から村を守るなら、ある程度の犠牲は覚悟してもらう」
保信子「そんな話は聞きたくないわ。全員の安全を約束してよ。その為にあなたを雇ったんだから」
保信子がヒステリックに叫ぶ。月我意は村人たちを見渡してから、口を開く。
月我意「一人の犠牲者も出したくないなら、この村から出て行くしかない。もし村を守るなら全権を俺に渡してくれ」
村人の一人「全権を渡せば、守れるのかい？」
月我意「全権を渡してくれれば、この村を世捨団から守ることを約束する」
保信子が再度、イライラしながら叫ぶ。
保信子「だから全員の安全を約束してよ」
ここで朋友が野次をとばす。
朋友「現実を見ザル、聞かザルなら、言わザルだぞ、三サルおばさん」
いつも建前を使って自分の都合を主張している保信子にどっと笑いが起きる。村を守ろうという声があちこちであがる。村長の流介が立ち上がり言う。
村長「相手は人殺しのプロだ。みんなは戦争をするためにこの村に来たんじゃない」
ここで村長の流介は集会場に集まった村人たちの表情を確かめる。
村長「もしこの村を守ろうとすれば犠牲者が出るだろう。しかし、わしは守ることにする」
保信子や正儀だけでなく、村人たちの何人かも動揺している。
村長「ただ、戦いたくない者が村を出て行くことは止めない。今、この場から出て行ってくれ」
何人かが席を立って集会場から出て行く。ただほとんどの村人はそのままだった。残っている村人たちの人数と表情を見てから村長が宣言する。
村長「たった今から世捨団がこの村をあきらめるまで村の全権を月我意に渡す」
保信子と正儀以外が肯いているのを確認した月我意が村長に代わって言う。
月我意「まず村で戦える者を3グループに分ける。そして東と西にバリケードを作り、そこを2グループでそれぞれ守る。それから東と西のどちらかに世捨団が来たら集会場にいるグループが応援にいく」

集会場はほぼ村の中心なので、世捨団が襲撃してきた時、応援にいく場所としては最適だった。オーという声があがる中、さらに月我意が続ける。

月我意「そこで、東と西、それに集会場の間の連絡を村で一番足が速いアシュラにお願いしたい」

千代「断ります。娘はまだ子供です」

千代は立ち上がり、抗議する。そしてなぜ朋友がアシュラをここへ呼んだのかこの時に理解した。しかし、いくら村の為と言われても千代に納得できるはずがない。

朋友「何も戦う訳じゃない。伝令をしてもらうだけだ。それにちゃんと戦闘強化服も着用してもらう」

戦闘強化服は、戦闘用の宇宙服とでも呼ぶべき物で、ピストル程度では貫通しない構造をもっていた。

月我意「戦闘に加わってもらうつもりはない。安心してほしい」

朋友と月我意の言葉を聞いても、千代は納得しない。その時千代は人型の姿であったが、髪の毛を逆立てアシュラの手をとり出て行こうとする。

しかしアシュラは動かない。いくら千代がひっぱっても全く動かない。

周囲からは村人たちの勝手な非難が飛ぶ。
〝同じ村に住んでいるのに何なんだ〟〝勝手に来て、勝手に出ていくのか〟
アシュラが立ち上がる。
アシュラ「やるよ」
オーというどよめきの中、千代がその場にへたりこむ。
月我意「では、頼む」
心配そうに見る千代にアシュラが言う。
アシュラ「ママ、大丈夫だよ」
千代「何が大丈夫よ」
千代は仕方なくぼやく。村の夜空はすでに厚い雲で覆われ月さえ見えていなかった。

理想郷（四）

村の東にあるバリケードが見える丘の上に世捨団の首領、菩殺《ボサツ》が立っている。菩殺は真っ黒な戦闘強化服にみごとなプロポーションを包み、村を見下ろしている。菩殺は見るものを赤い光で金縛りにする死笑面《しじょう》をつけていた。その横には幹部で地獄犬族《ケルベロス》の三頭犬《アリウス・ペソ》がいた。三頭犬は三つの頭で三百六十度の視界を見ながら変幻自在の蛇骨剣をもっている。そして菩殺の後ろには手下の腐喰族《ハイエナ》である是玄《ゼゲン》の麻羅《マラ》がいた。菩殺の真っ黒な戦闘強化服の胸には〝怨〟の字が、背中には〝捨〟の字が血のような赤で描かれている。世の中に生きていない者として、生きているのに家族や世間から〝捨〟てられた〝怨〟みをはらす事こそ世捨団の本当の目的だった。世間の噂とは違い、菩殺にとって金は怨みをはらすための手段だった。そこへ準備ができたことを知らせるために傭兵の野兎族である凡能《ボンノウ》 少心《ショウシン》がやってくる。

菩殺「さあ、あんたたち親子を拒絶したあの村に報いを受けてもらおうじゃないか」

麻羅「どうせやつらは頭でっかちで、自分たちだけ助かればいいと思っている連中なんだ。気にすることはない」

菩殺や麻羅に言わせれば太陽系全体でお金のあり方を変えるなら各国単位の自立した経済圏をつくり管理貿易で余剰物資を輸出入する事を目標にすべきだった。そうでないなら、世界が破滅しても自分の村だけ助かればいいという連中だという話になる。少心はつい最近、十五になる娘とともに村への移住申請をしたのだが、十分な寄付金がなく移住を許可されなかった。

少心「しょせん、国に否定されるんだ。今潰《つぶ》したって構わないってことですよ」
少心は自分に言い訳するように言う。村への移住を拒否された少心にとって、せめて娘の夢ぐらいは叶えてやりたかった。その為に少心はどうしてもまとまった金が欲しかった。
菩殺「これが済めばあんたは金と復讐の一石二鳥だよ。さあ、やっちまいな」
少心はそのまま丘を降りて下で待っていた世捨団のメンバーとともに東のバリケードへ咆哮《ほうこう》しながら殺到する。それを見ていた麻羅が菩殺に近づき言う。
麻羅「突破できそうですかね？」
菩殺「同じぐらいの人数だよ。やれるよ」
菩殺はあくまで正面から突破して村人の戦意を粉々にするつもりだった。すでに世捨団は特殊な装置を使って妨害電波を流し一切の通信を不能にしている。村は自給自足を目指しているので自動車やバイクもない。それに昨日の雨で泥道はぬかるんでいる。東のバリケードに世捨団が殺到したという知らせは集会場へ人が走って連絡すると普通は十五分はかかるはずだった。元傭兵の朋友が守るとはいえ、他は戦いの素人である以上、朋友さえ倒せば後の村人は逃げ出すはずだった。世捨団があのバリケードを突破するのに十五分はかからない。
菩殺も三頭犬もそう思っていた。その上、その特殊な装置には強い毒気《ストレス》を発生させて普通の人々の思考能力を低下させ、やる気さえも低下させる効果があった。ただ、すでに憎しみに取り付かれている世捨団のメンバーにはほとんど影響はなかった。それは強い憎しみが、思考能力をすでに低下させ、行動力の源になっていたからだった。

咆哮と共に世捨団が突進してくる事をだれよりも早く察知したアシュラは朋友の指示を待たずに走りだしていた。アシュラは突風の如く村の集会場へ向かい、そこにいた月我意たちに知らせるとすぐ朋友のいる東のバリケードへ取って返す。残っている朋友は村人とともに東のバリケードを守ろうと戦っていた。しかし、世捨団のなりふり構わない攻撃によってあっという間にバリケードを越えられる。そして朋友は少心と二人の世捨団を相手に戦うことになる。世捨団が東のバリケードを攻撃し始めてまだ五分とたっていないが、少心はすでに朋友に三人がかりで斬りつけていた。朋友が防ぎきれずに血を噴きながら倒れるところへアシュラが戻ってくる。朋友が倒れるのを見た瞬間、アシュラの中で怒りのエネルギーが爆発した。アシュラが神文を唱えつつ世捨団へ突進する。アシュラはかなり強い毒気を感じていたので神文を唱えつつ踊るように世捨団を倒していく。それはさながら竜巻のような速さであっという間に世捨団のほとんどを倒し、その後すぐに丘の上へ向かっていった。

少心は一瞬で絶命し、その他の世捨団のメンバーも気づく前に絶命するか、重傷で倒れて

いた。丘の上でアシュラが突進してくるのを見ていた三頭犬はさすがに落ち着いて蛇骨剣を構える。しかし、菩殺は恐怖で自分の顔が強張っているのが分かった。死笑面は顔の表情を変えてスイッチを入れる構造である。それなのに顔が強張っていてはどうしようもない。菩殺はとっさにその場から逃げ出していた。麻羅にいたってはアシュラはまるで死神であり、アシュラが丘の上に来たときには、腰を抜かしてへたり込んでしまった。三頭犬が蛇骨剣をアシュラへ向けて突く。到底、届くはずがないにもかかわらず蛇骨剣は長さが伸びてアシュラを串刺しにしようとする。アシュラも倒した相手から奪った二本の剣のうちの一本で蛇骨剣を押さえ、もう一本で斬りかかろうとする。途端に蛇骨剣が再び変形し、三頭犬の手元に戻る。そして今度は蛇骨剣が無数の枝別れした状態で襲う。しかしそれより速くアシュラは三頭犬の後ろへまわり三頭犬を剣で貫いていた。三頭犬に死角はないが、アシュラの動きは神速であり、その速さに三頭犬の体がついていかなかった。倒れる直前に三頭犬がつぶやく。

三頭犬「きさま、神族か……」

そしてアシュラが邪悪な念にしか感じない麻羅に剣を振り下ろそうとした時、背後から月我意が聖文を唱える。

月我意「聖音《オーム》、聖語《シャンティ》」

アシュラは我に返り、月我意を見る。
アシュラ「こいつのオーラは灰色の触手だらけだよ」
霊光《オーラ》が観えるアシュラには麻羅の本質が観えた。月我意にも麻羅が他人を食い物にしている男である事は分かっていた。しかし月我意は人には変わる事もあると知っていた。
月我意「降伏している者を殺してはいけない。それにまだやり直せるかもしれない」
あわてて麻羅が両手を上げる。
月我意「両手を上げたまま下へ降りていけ」
月我意は麻羅がかなり離れたのを確認してアシュラに聞く。
月我意「アシュラ、お母さんにどう説明すればいいんだ」
アシュラには戦わせるつもりはないと月我意は千代に言っていた。それに月我意は朋友とは違って本当に伝令だけのつもりだった。しかしやってしまった事は仕方がない。結果的に村人の被害が少なかったのはアシュラのおかげだった。月我意は千代に怒られても仕方ないと思いつつ、軽い冗談で言った。それに対してアシュラは真顔で言う。
アシュラ「おじさんがやった事にすればいい」
月我意「しかし、ハイエナが知っている」

麻羅は腐喰族《ハイエナ》であるので、耳と目は非常によかった。今も月我意とアシュラの話にしっかり耳を立てて聞いていた。もちろん、そんな事は月我意も分かっている。
アシュラ「やっぱり殺そう」
月我意「いや、見なかったと約束してもらおう。もし約束を破ればその時は死んでもらう。いいな」
麻羅は二人の話を聞いており、仕方なく大声で答える。
麻羅「分かったよ。約束する」
アシュラの戦闘能力は神族以外では説明できないほど凄まじい。月我意はアシュラの生い立ちから、アシュラが神族であることを隠した方がいいと考え、自分がやった事にするしかないと判断した。そこでアシュラの話に合わせることにした。
月我意「さっさと行け」
月我意が麻羅の居る方にそう言うとアシュラに向く。
月我意「おれがやったことにするなら、向こうの川で血を洗え」
アシュラの戦闘強化服は返り血で真っ赤になっていた。アシュラが村とは反対側の方にある川へと下りていく。アシュラが血を洗った後、彼女を肩車して月我意が村へと戻る。

村では朋友たち数人が重症だったが、とにかく世捨団に勝ってほっとしていた。

結局、世捨団はほとんどがアシュラに倒されるか、かなりの傷を負わされてそれから村人に止めをさされていた。生き残ったのは降参した麻羅と逃げた菩殺だけだった。

その日の夜、村の集会場で慰労会が開かれている時、村の倉庫に監禁してある麻羅の近くを保信子ともう一人の女が巡回していた。ここで麻羅はさっきから考えていた企みを実行する為、大きな声で保信子ともう一人に呼びかける。

麻羅「村に掟破りがいるけどいいのか？」

保信子が表情を変えて怒鳴る。

保信子「何を馬鹿な事を言ってるの」

麻羅が保信子ともう一人を見ながら言う。

麻羅「最近、この村に移住してきた雑猫族の千代っていう女がいるだろ」

実は村の内通者は保信子であり、希少金属の話を麻羅に漏らしたのも保信子だった。

そしてこの前、町に薬などを買いに出かけた保信子から麻羅は千代の話を寝物語に聞いていた。その時の話で麻羅は千代がアシュラという娘をつれて村に来たことも知っていた。数ヶ月前保信子は町へ買い物に出かけた時に麻羅の口車に乗って浮気をしてしまい、後は浮気をばらすと脅され金を毟《むし》られていた。村では売春も追放だが、浮気も追放だった。さらに運命のいたずらか麻羅こそが、千代を捨てた浮気相手だった。麻羅は千代を捨てた後、保信子に乗り換えていた。麻羅にとって女は常に利用するためにあった。もちろん若くない保信子の事をぞんざいに扱っていた夫にも責任の半分はある。しかし人は理屈ではなく感情で動く以上、保信子にも同じ責任はあったはずだった。そして保信子は金をせびられ、ついには村で見つかった希少金属の件まで話していた。結局、この希少金属の話を金にするために麻羅が菩殺へ話を持ちかけたのが村への襲撃を引き起こした原因だった。血の気が退《ひ》いた青い顔の保信子に麻羅が言う。

麻羅「鍵を取ってきてくれれば、集会場で説明するぜ」

さっきの麻羅の〝掟破りが村にいる〟という言葉で一番びっくりしたのは保信子だった。保信子がもう一人に鍵を取りにいくように依頼する。もう一人が鍵を取りに離れたところで麻羅が保信子に下劣な笑いをしながら低く言う。

麻羅「尻のホクロの数をばらされたくなかったらおれの言うとおりするんだ」

麻羅は保信子の弱みを握っていることを十分に彼女に分からせた。麻羅は捕まって村の倉庫に閉じ込められてから、ここから抜け出す方法と、アシュラをどうすればいいかをずっと考えていた。ここから抜け出す方法は弱みを握っている保信子を使えばいいと簡単に思いついた。ただ、それだけではこの村にある希少金属を手に入れられないし、金にならない。どうしても金を手に入れる為には、アシュラをなんとかしなければならない。そこで思いついたのが千代の過去を暴き、千代とあの娘をこの村から追放させる事だった。

アシュラさえいなければ、こんな村など世捨団でなんとかなるはずだった。

保信子ともう一人が麻羅を縛ったまま集会場へ現れる。集会場の前の席には中央に月我意、その左にアシュラと千代がいた。右には村長の流介と正儀がいた。ユリは重症でまだ熱のため意識が戻らない朋友の看病をしてここにはいなかった。保信子が村人に大声で説明する。

保信子「この中に村の掟を破った者がいるの」

村人が一斉に麻羅と保信子たちを見る。

麻羅「この中に村の掟をやぶっていることを隠して座っているやつがいる」

〃それはだれなんだ？　だれだ？〃

あちらこちらから半ば酔った声があがる。村人の声がおさまらない内に麻羅が大声で言う。

麻羅「おれはその女に亭主を棄てさせ、娼婦にして貢がせた最低な男だ。そんな男と一緒だった女はそこにいる千代だ」

千代は麻羅が現れた時から顔から血の気が退いていた。一瞬の沈黙の後、視線が千代に集まる。その千代への視線を断ち切るように月我意が大声で言う。
月我意「待ってくれ、こいつは世捨団の男だぞ。何か企んでいるに決まってる」
麻羅が保信子をちらと振り返りつつ言う。
麻羅「俺はその女の尻のホクロの数だって説明できるぜ」
保信子はその言葉が自分に対する脅迫であると思い大声で言う。
保信子「掟にとって重要な事は事実かどうかよ。この男の思惑とかは問題じゃないわ」
月我意「何を言ってるんだ。そいつは世捨団の男で村のみんなを殺そうとした連中の生き残りだぞ」
横から正儀が口をはさむ。
正儀「いや、これは村のあり方の根本の問題だ。世捨団がどうのという話じゃないんだ」
麻羅が下劣な笑いをしつつ話を始める。
麻羅「千代の尻のホクロの……」
千代「やめて、もういいわ。私は確かにそのハイエナの女だった。私はその男の甘い言葉に騙され夫を捨てたわ」

集会場から話し声が消えた。
千代「だから、そんなケダモノを信じた私が村を追放されるのは当然だと思ってる」
ここで千代はアシュラを一瞬、見てから話を続ける。
千代「でも、お願いだからこの子は村においてほしいの。この子には何の関係も無いんだから」
保信子「だいたい、どうして雑猫族の娘がいつも人型なのよ。本当に血のつながった親子なの？」
千代がアシュラのようなかわいい娘を持っていることに不満な保信子が言う。
もはやだれも言葉がない中、千代が唇を噛みしめ涙ながらに答える。
千代「私とこの子に血のつながりは無いわ。だから本当にこの子には何の関係も無いのよ」
月我意が口を挟む。
月我意「親と子がお互い殺し合いまでする世の中で、たとえ血がつながっていなくても二人は実の親子同然だ」
月我意は村人たちを見渡した後、強い調子で言う。
月我意「この親子を引き離したり、追放するような村ならおれは出て行く！」

正儀「余所者《よそ》には分からないだろうが、これは村の掟の問題なんだ。村がなくなっても掟は守らないといけない」
正儀が村長の流介を見る。月我意と村人たちが村長をみる中、村長が言う。
村長「村の掟はどんな事があっても守る。これがこの村を始めた時の約束だ。だから千代さんには悪いが出ていってもらう」
ここで村長の流介はアシュラに視線を移す。
村長「ところで娘さん、この村に残りたいかね？」
アシュラが千代を見る。
アシュラ「ママ、もういいよ。村を出ようよ」
村長が月我意を見る。
月我意「ケダモノの言葉を聞くような村ならおれも出て行く」
麻羅は下を向いて笑いをこらえるのがやっとだった。アシュラばかりか、月我意までも村からいなくなる。麻羅にとっては思う壷だった。村人たちはアシュラに徹底的にやられた後の世捨団の力が彼らの実力だと誤解していた。その為に、あんな世捨団なら自分達だけでも退治できると勝手に過信していた。ここに元傭兵の朋友がいればこんな事にはなっていない。

しかし、酒の勢いも手伝って月我意とアシュラが村から去ることをだれも不安には思っていなかった。村人たちは、世捨団で逃げたのは一人だけであり、当分はやってこないと楽観していた。月我意は千代とアシュラとともに集会場を出て言う。

月我意「所詮、素人判断」

村の夜はまだこれからだった。

理想郷（五）

夜明け前、まだ新月の夜で空が暗い内に千代とアシュラ、それに月我意が村から出て行く。ユリは朋友の状態がまだよくないので見送りに来ていない。
千代「とんだ事に巻き込んでしまいましたね」
千代が申し訳なさそうに月我意に言う。月我意は千代とアシュラと共に村を出ると言ったので、助役である正儀から契約違反だと本来の報酬を半分にされていた。千代はその事をさっきから気にしていた。しかし月我意はさっぱりした表情で言う。
月我意「千代さんが気にする事はないですよ。金が貰えただけましなんだから」

千代は月我意の言っている意味がわからず質問する。
千代「それってどういう意味ですか？」
月我意「あの村は三日後には世捨団に襲撃されて全員、どこかへ売り飛ばされるんですよ」
千代「それなら残ってあげた方がいいんじゃないですか？」
千代が村人たちを心配して言う。
月我意「彼らに追い出されたのに、彼らを心配するのですか？」
月我意が意外そうに聞く。
千代「ユリさんの事もあるけど、村にいる子供たちに罪は無いでしょう」
月我意「千代さん。あの村は所詮、ダメなんだ」
千代「私だって普通の人生を送っていたら、きっと村の人たちと同じ事を言ってますよ」
千代は月我意が村人たちの凝り固まった考えを言っていると思って言う。人はしばしば正義という偏見で、自分の不満や毒気《ストレス》をぶつけていることに気づかない。
しかし、月我意が言っているのは違う意味だった。
月我意「村人たちは金については考えている。でも目的であるはずの幸せはいい加減なんだ」

千代もアシュラも分からない表情をしている。

月我意「つまり金だけじゃなく、心、つまり宗教も変えない限り新しい社会なんて砂上の楼閣さ」

千代もアシュラもまだ納得していない表情をしている。

月我意「どうせ正儀みたいな口先だけのやつや、保信子みたいな内通者が出て村は崩壊するんだ」

麻羅の目配せと保信子の言動は、通じている男と女のやりとりだったことを月我意は見逃していなかった。

アシュラ「でも、かわいそうだよ」

アシュラの言葉で月我意は腕を組むが、歩くことを止めない。千代は村から追放されており、月我意は出ると言っていた。そんなアシュラたちを遠くから望遠鏡で隠れて監視していた集団がいた。それは世捨団の見張りたちだった。彼らは菩殺に命令されて村の様子を監視していた。彼らのうちの一人が菩殺に知らせるために去っていく。

それから三日後の夜明け前、再び東のバリケードが見える丘の上に世捨団の首領、菩殺がいた。バリケードの周囲には監視用の照明があるが、菩殺たちがいる丘の上は真っ暗だった。

世捨団は全員、真っ暗な中でも活動できるように、暗視装置をつけていた。今回は東と西のバリケードを五十名ずつで同時に奇襲攻撃する作戦だった。

一方、村人たちは世捨団が来るにしても、当分先の事だと楽観しており、東と西のバリケードには見張りは十名程度しかいなかった。村人たちは、世捨団の総人数について噂で五十名程度と聞いていたので、残りの人数は十名程度と考えていた。その噂を基にバリケードの守備の人数も減らしていた。村人にとって世捨団のメンバーがあっというまに百名以上になる事は想像できなかった。村人たちには大勢の人が金に困り、食えない社会では人集めなど簡単なことだという実態が全然分かっていなかった。菩殺の側には、さっき村から抜け出してきた是玄の麻羅と保信子がいる。

菩殺「まったく甘いよ」

菩殺はそう小声で言うと新規に集めたメンバーの一人へ移動の合図を送った。彼らは静かにバリケードへ接近する。そして東と西で同時に世捨団の奇襲が始まった。奇襲を受けたバリケードを守る村人たちは伝令を出すだけが精一杯であっという間に突破される。さらに村の中央にある集会場で待機していた四十名近くの村人は伝令の到着の直後に東西からの世捨団の奇襲を受けて壊滅する。夜が明ける頃には完全に村を押さえた世捨団の首領、菩殺が集会場へと数名の護衛とともに現れる。
そして死体を村人に埋めさせた後、世捨団は生き残った村人たちを、男と女子供を2つの群れに分けて数珠つなぎに縛る。ユリは父である村長の亜久田 流介と朋友の遺体を埋めていた。そして麻羅の後ろに保信子が隠れるようにいるのを見つける。
ユリ「保信子、あんたのせいで父やあんたの夫も死んだんだ。人でなし！」
麻羅がへらへら笑いながら言う。
麻羅「お前らがきれい事しか考えないバカだからいけないんだよ」
ユリがきっと麻羅を睨んだ後、保信子に言う。
ユリ「なんで、こんなケダモノの仲間になったの。騙されているのが分からないの」
保信子がおずおずと答える。
保信子「あんたみたいな美人で若い女に私の気持ちは分からないわ。私は、女として見て欲しかったのよ」
麻羅「こいつは浮気しちまったんだ。もう、どのみち村にはいれないのさ」
ユリ「なぜ、利用されて棄てられるだけなのが分からないの」
保信子「夫だって浮気してたのよ。私だって浮気したっていいでしょ」

麻羅「利用したとは心外だな。この女だってヨダレを流してひいひい言って楽しんでたんだぜ」

ユリ「あんたって最低のクズだわ」

麻羅「ああ、おれは人でなしで是玄の麻羅様さ」

正儀が怨みのこもった声で言う。

正儀「村の全員が縄で繋《つな》がれるならその女もいっしょだろ」

他の村人たちも怨みのこもった声で言う。

〝そうだ、その女もいっしょだ。そうだ、そうだ〟

村人たちの怨みの合唱に保信子がすがるように麻羅を見る。麻羅は菩殺を見る。菩殺が麻羅を呼び耳元でささやく。

菩殺「この女を奴らと一緒にすれば脱走の相談さえできなくなるよ」

女子供の数は百名を超え、連れていく麻羅たちの五十名より多い。この場合、村人の団結こそ警戒すべきだと菩殺は見ていた。それに対して男たちは戦って死んだものが多く生き残った人数はけが人を入れても六十人程度しかいない。男たちは怪我人が多い上、連れて行く世捨団には相手を金縛りにできる死笑面をもつ菩殺がいる。菩殺は村の希少金属の分け前だけでなく、人身売買、臓器密売の金も抜け目なく狙っていた。麻羅は保信子を女たちの最後の縄に繋げようとする。
保信子「待って、私は協力したじゃない」
麻羅と世捨団のメンバーが、抵抗する保信子を女子供のグループの縄に繋ぐ。
麻羅「悪いな、あんたは用済みだ」
保信子「人でなし！」
保信子が叫ぶなか、東へ麻羅と世捨団が、彼女たちを売春窟へ売るために連れていく。菩殺は村の男たちを連れ、西へ残りの世捨団と臓器密売の闇の市場へ向けて歩きだす。
その日の夜、疲れて眠っていたユリを月我意が起こし、小声で話す。
月我意「千代さんとアシュラに言われて来たよ」
ユリ「見張りは？」
月我意「今、アシュラが向こう側を始末してる。あんたはこれで他のみんなの縄を切ってくれ」
そう言うと月我意はナイフでユリの縄を切り、そのナイフをユリに渡してアシュラとは反対側の世捨団へと向かう。異様な物音で目を覚ました麻羅が剣を構え、照明を向けた時、現れたのは全身を返り血で真っ赤にしたアシュラだった。恐怖で剣を捨て両手を挙げる麻羅にアシュラが叫ぶ。
アシュラ「もう許さない」
アシュラが麻羅の首を刎《は》ねる。その後、アシュラと月我意が残りの世捨団を全滅させ女子供は自由になる。そして女たちが保信子の周囲を囲む。保信子が土下座して許しを乞う。
保信子「私はただ脅されて仕方なく……」
女たちが世捨団から奪った武器で制裁しようとした時、ユリが輪の中へ入る。
ユリ「待ってみんな。彼女も利用されて棄てられたのよ。村人同士で殺し合ってどうするの」
父を殺されているのに保信子を庇《かば》うユリにみんな圧倒される。そこへ月我意とアシュラ、そして千代も来る。
千代「この人もあのハイエナに騙され、利用されて、捨てられたのよ」
ユリ「どうしたらいい？」
血だらけのアシュラが保信子を見て言う。
アシュラ「許してあげれば」

アシュラが月我意を見る。

月我意「その替わり囮《おとり》になってもらう。いいか？」

保信子「はい。罪滅ぼしに何でもします」

ユリ「さあ、みんな、足が速い人はこれから西へ向かうよ。残った人には子供たちの面倒をお願いするわ」

やっと彼女たちが囲みをとき男たちを救出する為に動き出す。

一方、菩殺たちは怪我をした男もいる為、それほど村から移動していなかった。怪我人も含めてなるべく多く内臓を密売業者に売ろうとしているので、のろのろと移動していた。そうして昼近くになった頃、先頭で偵察をしていた世捨団の一人が大声をあげる。

世捨団の一人「女が裸で川にいるぞー」

この声で数名が川のある方向へ走りだし、後ろ向きになって川で髪を洗っている裸の女を見つける。

〝本当に女だ、本当に裸の女だ〟

声がいくつもあがり、世捨団のメンバーが川へ走り出す。女は服を取り逃げ出すが、彼らも川を渡って追いかける。

この時、菩殺はアシュラが近づいて来た時に感じたあの恐怖をまた感じていた。菩殺が直感に従い、世捨団を捨てて全力で逃げ出すのとアシュラが現れたのはほとんど同時だった。川では待ち伏せしていた村の女たちが、近づいてきた世捨団に月我意とともに斬り込んでいた。アシュラの接近は死神の到来であり、竜巻のようにあっというまに世捨団を倒してしまう。世捨団が全滅してやっと村の男たちも解放される。この戦闘には保信子も服に隠していた剣を裸のままで振って返り血を浴びていた。その保信子にユリが声をかける。

ユリ「まだまだ、男が追いかけるくらいの魅力があるじゃない」

保信子「そうみたいね。でも座りっぱなしでお尻が真っ赤よ」

やっと村人たちが笑う。月我意がユリを誘って村人たちから離れる。月我意がユリに言う。

月我意「よく、保信子を庇う気になったな」

ユリ「彼女を殺しても父は帰ってこない。むしろ父が悲しむと思ったの」

月我意が聞く。

月我意「これからどうするんだ?」

ユリ「大変だけど、また村に戻って再建する事が父の遺志《いし》を継ぐことだと思ってます」

月我意「死源管理財団に立ち退き料を貰って、村はあきらめた方がいい」

ユリが納得できずに言い返す。
ユリ「なぜですか？　利子の無いお金を使う村がなぜいけないんですか？」
月我意「かつて飛鳥の国も真谷《マヤ》の国も自給自足だったのに、軍事力で自由貿易に組み込まれたのを知っているか？」
ユリが肯く。
ユリ「ええ、知ってるけど、そこまでは考えていなかった」
月我意「真谷《マヤ》の国は滅亡さえしている。金のあり方を変える事は、戦争する覚悟が必要なんだ」
ユリ「そんなに凄い事なんですか？」
月我意「戦争は、宗教と経済と歴史を原因として起こされる。金のあり方を変えるのは経済を変えることだ」
ユリがつばを飲み込む。今までそんな事まで考えた事がなかった。
月我意「経済を変える以上は戦争を引き起こす覚悟がいる。それでもやるのか？」
ユリ「女だからこそ守るために戦います。今のままじゃ、超大金持ち以外、みんなが不幸になるわ」

月我意「なら少なくとも天州国や、飛鳥の国といった、自立できる経済単位で軍事力を持ってするべきだ」
ユリ「どうしてそういうレベルまで必要なんですか？」
月我意「各国が、余剰物資を交換するような管理貿易体制を目標にしなければ無理だからだ」
ユリ「そんな大きな話じゃとても無理よ。私たちにできるのはせいぜい村程度の単位よ」
月我意「みんなが共存できることを目標にするか、自分たちだけ生き残る事を目標にするか、あんたはどっちなんだ？」
ユリ「できれば太陽系《インドラ》の六つの惑星で共存したいけど、とても無理だから村からやりたいのよ」
月我意がユリに言う。
月我意「どうしてもやると言うのなら、金の仕組みだけじゃなく、心についても真剣に考えなきゃだめだ」
百合「なぜお金の仕組みだけじゃだめなんですか？」
月我意「あんたらは、今の金融制度を秘密結社《フリーメイソン》が作った事は認めているよな」

ユリ「ええ、彼らが今の金融制度を作り、間違いなく陰で本当に動かしているわ」
月我意「では、なぜ彼らが、宗教を持つ秘密結社である事実を無視するんだ？」
ユリが少し考えてから答える。
ユリ「宗教はよく分からないし、所詮、宗教は洗脳の手段だからよ」
月我意「人は金がなければ不幸だが、金だけでは幸せにはなれない。これは分かるな」
ユリ「それは分かってるわ」
月我意「つまり、人の心を変えなけりゃ社会は変わりようがない。そして人の心は宗教が変わらない限り変わらない」
ユリ「なぜ、宗教が変わらない限り社会が変わらないの？」
月我意「それは宗教が、支配するための道具であることを変えない限り、社会は変えようがないからさ」
ユリ「あなたはいったい何者なの？」
月我意が仕方ないという表情で話し始める。
月我意「おれの本当の名前は北天《キツ》、唯問《ユイマ》派の北天と呼ばれていた男だ」
北天とは、この前の大戦でラー一族として戦った戦士であり、今だに捕まらずに潜伏していると言われている戦士の名前だった。
ユリ「じゃあ、もう村には……」
月我意「これ以上いるとみんなに迷惑がかかる。もともと朋友に、今回だけ力を貸してくれと頼まれたんだ」
これだけ大きな事件が起きた以上、村に留まることは村にとっても月我意にとっても危険すぎる。
ユリ「あの子はどうなの？」
月我意「多分、おれよりもっと危険だ。だからおれとアシュラの事は秘密にしておいてくれ」
ユリ「つまりあの子も村から出て行くのね」
月我意が肯く。
月我意「だからもう村は守れない」
ユリ「二人の事は分かったわ。でも、社会はお金のあり方が変化したから、社会が変わったんじゃないの？」
月我意「三色革命も魔州国の独立戦争も、資本主義も民主主義も秘密結社が彼らの宗教理念を実現するために起こしたものだ」
ユリ「それは彼らが金融支配の体制を作るためでしょ」
月我意「彼らを単なる金儲け集団と考えている限り、あんたらの理想は未来永劫、実現しない」
ユリ「なぜ、そこまで言い切るの」
月我意「間違った認識からでてくる結論は所詮、はかない幻想でしかないからだ」
ユリ「でもなぜ秘密結社は、民主主義と資本主義をセットにしてるの？」
ユリが当然の事だと思っていた民主主義という事と資本主義について疑問をぶつける。
月我意「少し話が面倒になるがいいか？」
ユリが肯き、月我意が説明を始める。
月我意「民主主義はもともと秘密結社が提示した**宗教理念**なんだ」
ユリ「そんな事、全然考えなかったわ」
月我意「そして、その宗教理念である〝自由と平等〟を実感する為の制度が、お金を中心とした資本主義なんだ」
ユリ「そこが分からない。なぜなの？」

月我意「お金があれば身分に関係なく、誰でも、なんでも買ったりしたりすることができるからさ。これがそれまでの身分中心の社会とは違ったお金中心の資本主義のプラス面なのさ」
ユリ「でも、同時に、お金の為なら何でもする人をつくり、お金が人を支配するための凶器になってるわ」
ユリたちは、このお金のマイナス面を減らすために地域通貨で頑張ってきた。
月我意「結局、すべての制度には、黒白神《ヤヌス》と同じように、プラスの面とマイナスの面がどうしても出る」
ユリ「じゃあ、どうすればいいの？」
月我意「制度のプラス面を生かし、マイナス面を少なくするのは人だろ。そして宗教が変わらないかぎり人は変わらない」
ユリ「よく考えてみるわ」
この後、ユリと月我意が村人たちのところへ戻る。
月我意とユリが戻ると、村から世捨団が奪った金の入った袋の中身を正儀が数えていた。
菩薩は手下とともに金さえも捨てて逃げていた。他の村人たちは、敵とはいえ世捨団の死体を埋める作業をしている。月我意が正儀の前に立って剣を抜いて言う。
月我意「契約外なんで、約束の倍の金額をおれとアシュラに払ってもらおうか」
ユリが肯いているのに正儀がむっとして言い返す。
正儀「バカを言うな。本来、あんたがいれば守れただろう」
月我意が抜いた剣を正儀の首にあてて言う。
月我意「おれは警告したはずだ。ケダモノの言うことを聞くような村なら出て行くと」
正儀「でも何でおれの首に剣をあてるんだ」
月我意「口先だけの正義を大声でいうやつが、一番怪しいからさ」
正儀「何が言いたいんだ」
月我意「お前、世捨団と組んでおれや、アシュラを村から追い出そうとしたんじゃないのか？」
ユリ「今もみんなが死体を埋葬しようとしているのに、なぜ一人だけ金の勘定をしているの。怪しいわ」
保信子たちも周りに集まってくる。ユリが保信子たちに言う。
ユリ「月我意さんたちにお礼をしようとしたら、この男は払わないというの。月我意さんたちを追い出そうとしたし、集会場でも剣も抜かずに降伏するし怪しいわ」
女たちが一斉に剣を抜き、正儀に突きつける。
女の一人「村役場で、剣も抜かずに降伏した男が一人前の口をきくんじゃないよ」
正儀「分かったよ。払うよ」
月我意「それから、おれとアシュラの事は秘密だ。そうすれば死源管理団体から立ち退き料がふんだくれるだろ」
世捨団を一度ならず二度までも撃退した村であれば、死源管理団体もそれなりの金額を払うはずだった。
正儀「分かったよ。約束するよ」
もちろん、正儀は世捨団と組んではいない。ただ、自分だけ助かればいいと考えていただけだった。それなのに、なぜ責められるのかという気持ちが表情に出た。
正儀の不満そうな顔を見て月我意が念を押す。
月我意「もし、おれやアシュラの事が漏れたら、その時はお前の首を貰いにくるからな」
正儀がまた自分勝手な行動をしないようにユリが言う。
ユリ「私たちが首を取るから、その必要はないわ」

今度は正儀が恐怖に引きつった顔で肯く。

その後、月我意、千代、アシュラ、アシュラたちは村人たちと別れる。

しばらく歩いて千代とアシュラ、そして月我意は別れ道に来ていた。月我意とはここで別れる予定になっている。千代は、とりあえず港町の方へ歩くつもりだが、さりとて行く場所が思いつかない。思い余って月我意に聞く。

千代「これからアシュラを連れてどこへ行けばいいんでしょうか？」

月我意「もしよければ、おれの知り合いを紹介しようか？　あいつなら仕事を見つけてくれると思う」

千代「でも、この子にはお金の苦労させたくないんです」

千代にはお金で苦労したという辛《つら》い思いがあった。そこでアシュラがお金に苦労しなくていいように縁出村へ移住したのだった。月我意が言う。

月我意「千代さん。千代さんはお金が苦労の原因だと思ってるけど、本当は、自分の心にある毒気《ストレス》や、愛憎に振り回されてお金を無駄遣いしたり、お金に苦労したんじゃないのかな？」

千代は自分のこれまでを振り返る。月我意がさらに話を続ける。

月我意「自分の持っているお金を、ほとんど使ってしまうのは、毒気《ストレス》や、劣等感《コンプレックス》や、愛に飢えた心があるからじゃないのかな？」

自分の収入のほとんどを使うという事は、実際には予定外の支出で借金だらけになるという事だった。借金を繰り返す多くの人は、お金は余裕を残して使うべきだと分かっていても、結局ほとんどを使ってしまう。これは表面的には確かにお金に苦労しているように見えるが本当は自分の心が原因である。やっとそのことに気づいた千代がしみじみと言う。

千代「確かに自分の心が苦労の本当の原因ですね」

月我意「千代さんはアシュラと出会って変わったと思う。もう大丈夫だよ」

千代「でも、アシュラにはお金の苦労は……」

月我意「アシュラは大丈夫さ」

月我意がアシュラを見る。

アシュラ「大丈夫だよ。ママ」

千代がアシュラの頭をなでる。

千代「じゃあ、知り合いを紹介してもらえますか？」

月我意「これでやっと借りが少し返せるよ」

千代が月我意の言葉に驚いて聞く。
千代「月我意さんには、いろいろ助けてもらってますけど、私たちが月我意さんのお役にたったことがありましたっけ？」
月我意「村人たちを救うべきだと二人が言ってくれたから、おれは村人たちを助ける気になったんだ。もし二人に言われなかったら、おれは村人たちを見捨てていたよ」
千代「当たり前の事を言っただけですよ」
月我意「いや。おれは掟だとか言って千代さんたち親子を引き離そうとした村人たちに、本当に怒っていたんだ」
千代とアシュラの表情を見て月我意が話を続ける。
月我意「だから、アシュラと千代さんに言われなかったら村人たちを見捨てていたと思う。つまりとんでもない事をするとこだったよ」
月我意はこれを大きな借りだと思う男だった。
月我意「まあ、何かあったら何時でも呼んでくれ」
そして月我意は千代に知り合いの事を教えて去っていった。
その日の空は晴れていたが、風は強く冷たかった。

義天女（一）

ユリたちと別れた後、千代は月我意の知り合いの紹介で天州国の港町にある薬師七面病院に採用されていた。その上、千代は清掃係としては特別に病院の近くにある寮に入ることができ、アシュラと共にやっと平穏な生活を送り始めていた。

千代にとって村でアシュラのした事は、ともかく受け入れるしかないと思っていた。しかし、アシュラが神族であり、自分の手の届かない存在ではないかという思いに迷ってもいた。ただ、そんな思いと同時に千代はアシュラがまだまだ十二才の子供だと思うのだった。

そして母親として、やはり普通の少女として育てたいと思っていた。

千代の勤めた薬師七面病院は黒馬《くろうま》族の亜模《アボ》到瑠《トオル》が院長だった。院長は、今の外科手術と薬剤を中心としたガン治療ではなく、自己免疫力を活用した医療を実現しようとしていた。

院長の目指す医療は、人間が本来もっている自己免疫力を活用し、薬剤や外科手術は目的と範囲を限定して使用するものだった。それは同時に患者の体力の低下を極力少なくする医療でもあった。

この医療において重要な点は心の持ち方だった。どのような種族であっても、心が明るく前向きである場合、自己免疫力も高くなる傾向があった。その為、心と体を治療する薬師《ヤクシ》如来《ニョライ》、実は七面天女《ハリティー》にあやかって薬師七面病院という名前をつけていた。

ただ七面天女は一般的に知られているが、薬師如来と同じ存在の別名だという事は知られていない為、一般の患者からは単に、ありがたい二つの名前をつけていると思われていた。

しかし天州国の医療行政を管轄している厚正省の選民官僚《キャリア》からは邪魔者扱いされていた。

彼らにとっては高額の医療機器と多量の薬剤こそが、国民から医療業界を通じて金を巻き上げる極めて有効な手段だった。その厚正省の選民官僚にとっては、自己免疫力があがっても、彼らに天下り先一つ増える訳ではない。彼らにとって所詮、国民は、働けるうちは多量の薬と高額の治療費を搾り取る対象であり、働けなくなったらさっさと死んでもらう存在でしかなかった。このような存在だからこそ厚正省の仇名は、殺正省《ころせいしょう》だった。そんな彼らにとって薬師七面病院は目の上の瘤だった。

ただ千代にはそんな難しい話は分からなかったが、天州国の病院の中では随分とまともな病院だと思っていた。千代が知っている普通の病院は、医療費抑制の中で看護師が不足しているため、特に高齢者の場合、しばしば三ヶ月もたたずに管（チューブ）だらけにされて、事実上、殺されるようにして衰弱して死んでいくのが普通だった。しかし、この病院では極力患者の体力を低下させないように管を入れるのは必要最小限にしていた。

それに、出入りの業者の紹介とはいえ、事務長の本彦がなにくれとなく世話をやいてくれるので千代は助かっていた。

アシュラも珍しく本彦にはなついており、昨日も栄養療法辞典という難しい本を借りて読んでいた。アシュラは普通の十二才に見えるときと大人以上の知識と能力を見せる時がある。ただ、月我意に、アシュラが神族である事は隠したほうがいいと言われていたのでまだ学校には行かせていない。

そんなある日の午後、千代が休憩室で休んでいるところへ思いもかけない男が現れた。

その男は事務長代理のネズミ族である恵比寿《エビス》正食《ショウジキ》に案内されて休憩室にやってきた。正食がいなくなった後、千代が口を開く。

千代「あんた、あの女と一緒じゃなかったの」

その男は千代を捨てて浮気相手の女のところへ退職金まで持っていった前の夫だった。

雑猫族の並尾《ナミオ》はばつがわるそうに答える。

並尾「いや、金を巻き上げられて今じゃこのざまだ。お前こそ、あの男と一緒じゃなかったのか」
千代「捨てられたわ。金を稼げなくなったらポイよ」
千代があっさりと過去を言うのに並尾が驚いて言う。
並尾「お前、強くなったな」
千代が笑いつつ話す。
千代「私、娘と一緒に病院の寮で暮らしてるの」
並尾「娘って、お前、どういうことだ？」
千代「孤児院から引き取ったんだけどね。十二のかわいい娘と一緒なの」
孤児院は千代のとっさのウソだった。しかしアシュラが神殿で育った事は隠すように月我意に言われていたので仕方がなかった。
並尾「母は強しか。それに比べておれは……」
並尾はため息をつき、それ以上は話せない。まだ並尾は浮気相手の言うがままに借金をさせられて、あげくに今回の病院乗っ取りを手伝わされていた。並尾が浮気相手とまだ縁は切れていないことを話すかどうか迷っている内に千代が話しだす。
千代「なに言ってるの。私たち割れ鍋《なべ》にとじ蓋《ぶた》だったのよ。つまり似たもの夫婦だったのよ」

並尾「そう言ってくれると正直たすかるよ。あの時は悪かった」

並尾はなぜか以前は言えなかった言葉が言えた。

千代「ねえ、よかったら娘の亜美に会ってくれない？」

神族であればともかく、普通は神話上の神々の名前は使わないので、千代はアシュラの名前を亜美に変えていた。並尾の表情は一瞬明るくなったが、すぐ元に戻り言う。

並尾「いや、もうちょっと待ってくれ。そしたら必ず娘に会わせてくれ。もうすぐだから、必ずだから待っていてくれ」

並尾は今回の病院乗っ取りが成功すれば自由になれるので、その時、千代の娘と会うことに内心、決めた。千代はとにかく並尾が真剣であることは分かったので肯いていた。

次の日の朝早くに病院の裏手にある喫煙所で並尾がタバコを吸っている。並尾は早番で事務長代理の正食を待っていた。実は二人とも、この病院を乗っ取る為にこの病院に送り込まれていた仲間だった。事務長代理の正食は、もともとは厚正官僚だったが、非選民官僚《ノンキャリ》だったため選民官僚にアゴで使われる下僕にすぎなかった。

その上、中年で妻子持ちであるのに退職させられ、天下り先の地位図《チイズ》財団へ就職、そこからこの病院へ派遣されていた。もちろんこの病院を乗っ取るための派遣だった。正食が現れ、小さな毒気《ストレス》発生装置を取り出し並尾に渡す。
正食「これを院長室の目立たないところへセットしてくれ」
並尾が装置を受け取り取る。
並尾「あんたには関係ない事だけど、義天女に確認してもらいたい事があるんだ、いいかな」
正食が不思議そうに聞く。
正食「なにを義天女に確認すればいいんだ？」
並尾「本当に申し訳ないんだけど、確認してもらいたいのは今度の仕事が成功したら、借金をチャラにしておれを自由にしてくれるっていう約束なんだ」
こんなことで仲間割れする訳にはいかないと思い正食は答える。
正食「ああ、分かったよ。でもなんでおれまで使って確かめたいんだ？」
並尾「もう一人の清掃係がいるだろ。あいつは前の女房なんだ」
正食が驚いて聞く。
正食「おい、まさかもう一度、やり直してくれると言ってるのか？」

並尾が嬉しそうに答える。

並尾「ああ、そうなんだ。だからどうしても借金をチャラにして自由になろうと思ってる」

正食がとりあえず答える。

正食「ああ、事情はわかったよ。ただ、仕事はきっちりやってくれよ」

並尾が顔をひきしめて言う。

並尾「もちろんだ。分かってる」

そう言って並尾は喫煙所から去る。

並尾に渡した毒気発生装置は遠隔操作で人に強烈な頭痛を引き起こさせるものだった。それを遠隔操作で、院長に使って、K病院へ緊急入院させてしまう策略だった。正食はここまでしか知らない。

ただ、正食は今度、副院長としてやってくる義天女という医者の名前は義《ぎ》ではなくむしろ偽《ぎ》ではと感じていた。

正食「偽天女か……、しかし、なあ」

確かに院長の言うように自己免疫力の向上は良いことだと正食も思う。だが、医療機器や新薬の研究開発にかかる莫大な費用はどこが負担するべきかという問題が残ってしまう。

もちろん事務長の本彦が言っている病因負担税という案もある。本彦の病因負担税というのは、タバコと肺ガン、胃ガンのようにはっきりとガンの発生率を上昇されるものにその上昇分のガンにかかった費用を税金で負担させ、その病因負担税は全額、医療費の補填に使うという案だった。この案のメリットは医療費の増加分のかなりの額がカバーできる点と、タバコの値上がりによる喫煙者の減少が見込めることだった。喫煙者の減少は長期的にみれば、タバコによる肺ガン、胃ガンなどの発生を減少させるはずだった。

正食「甘いんだよなあ」

ため息とともに言う。

正食には、選民官僚が支配する今の医療行政において、いくら金を集めてもムダ使いされる以上、新たな増税にしかならないと思えてしまうのだった。

一服吸った後、正食も職場に戻る。

その日の午後、着任した義天女が挨拶を終えて、自分の副院長室で休んでいるところへ並尾が入ってくる。義天女が白衣の下からのぞいている足を交差させて並尾に聞く。

義天女「どうしたんだい？　なぜいつものように私の足を見ないのかい？」

実は義天女こそ並尾の浮気相手だった。並尾は足を見ないようにして義天女に話す。
並尾「あの約束は守ってもらえるんですよね」
並尾は正食に頼んでみたものの、やはり自分で確かめようとしていた。
義天女「それより、もうすんだのかい？」
並尾は緊張して手に汗をかきながら言う。
並尾「いえ、まだです。ただ確かめたらすぐします」
義天女「あの約束は確かに守るよ。でも、教えておくれ。いつものお前らしくないよ。なぜわざわざ確認するんだい？」
並尾が義天女の目を見て仕方なく話す。
並尾「今度の仕事が終わったら前の女房とやり直すつもりなんで確認したんです」
義天女がバッグを引き寄せる。
義天女「ひょっとして前の奥さんとよりが戻せそうなのかい？」
にこやかに問いかける義天女につい並尾が口を滑らせる。
並尾「そうなんですよ。だから今度こそやり直そうと決めたんです」
その時、並尾の前にバッグから取り出した死笑面を付けた義天女がいた。世捨団の菩殺の正体は義天女だったのだ。義天女は金縛りで動けなくなった並尾に言う。

義天女「どうだい、指一本動かせないだろう。この死笑面の赤い光は人を金縛りにするんだ」

動けない並尾に近づき、耳もとに義天女がささやく。

義天女「私があんたに約束したのは、あんたの臓器を密売して借金をチャラにした後、あの世に送ってやるから自由になれるって意味なんだよ」

義天女は動けない並尾の気管を切り、声が出せないようにしてすぐ緊急手術をし、集中治療室へ面会謝絶で閉じ込める。

次の日の朝、面会謝絶の札がさがっている集中治療室へ千代が掃除をしようと入った時、そこに変わりはてた姿の並尾を見つけた。全身が管だらけの上、気管にも管がはいっているため言葉が出ない。しかし、千代は並尾がしきりに目を自分の手に移動させていることに気づく。千代が並尾の手を握ると今度は指を動かして千代の手になぞる。

千代「ボ……かい？」

千代は並尾が書いている字を確認する。並尾がわずかに肯き、次の字を書く。そうやって、ボサツという言葉とギテンまで書いたとき、集中治療室の外に足音がした。

千代「また来るからね」
千代は小声で言うとゴミを片付けて部屋を出た。千代が出ていった直後、義天女が看護師も連れずに一人で入ってくる。並尾が憎しみのこもった目で義天女を睨む。
義天女「売る以上は内臓は生きがよくないとだめだからね。せいぜいそれまでは元気でいてもらわなきゃと思って確かめに来たのさ。なにしろこの病院を乗っ取った後、最初に売りだす予定の内臓だからね」
義天女はこの病院を乗っ取った後、この病院を内臓密売の処理施設にするつもりだった。
義天女は並尾が身動きできない事を確かめる。
義天女「なんだいその目は。私はね、人が幸せになるのが許せないんだよ」
並尾はやはり憎しみのこもった目で睨んでいる。
義天女「私がまだ若かった頃、私の外見でみんながちやほやしてくれたよ。でも整形手術に失敗して顔が崩れると、手の平を返えしたように見向きもしなくなった」
義天女がべりべりと顔の半分から人工の皮膚を剥がしてみせる。並尾の目が驚きに変わる。
義天女「男たちがちやほやしなけりゃ、私だってこんな女にはならなかったのさ。私だけが不幸なんて許せないんだよ」

さらに何もできない並尾に義天女が言う。

義天女「私があんたを口説いたのは、あんたを不幸にするためなんだよ。今さら幸せになんかさせないよ」

そう言うと義天女は接着剤を人工皮膚に付け再び顔に貼り付ける。そして手鏡を見ながら並尾に言う。

義天女「あらかじめ言っとくけど、無理して動くと管がはづれて出血多量で死ぬからね。動くんじゃないよ」

言いたい事だけ言って義天女は部屋を出ていった。

その日の夜、当直の当番で院長が各病室を看護師を連れて回り、並尾がいる集中治療室の前まで来た時、中から黒い戦闘強化服を装着した義天女が現われる。手には大きなナイフを握り、顔に死笑面を付けているが、まだ人を金縛りにする赤い光は発していない。

院長が胸から徹甲銃《トカレフ》を取り出す。そして看護師になりすましていた千代が白衣の下からライフル銃を出して構える。

院長「義天女、いや世捨団の菩殺と呼ぶべきかな」

世捨団の菩殺と言われた義天女が聞く。

義天女「いったいどうして正体が分かったんだい？」
義天女は、今日襲う予定はだれにも話してはいなかった。ただ、何かいやな予感がしたので急遽、直接自分で院長に死んでもらうことにしたのだった。
千代「集中治療室にいる前の亭主が教えてくれたのさ」
義天女「まさか、あのうすのろに捨てられた女がこの病院にいるとはね」
義天女が千代を挑発する。そこへ横から事務長の本彦もライフル銃をもって正食と共に現れる。
本彦「いくら静かな虐殺現場と言われていても、いきなり管だらけにする処置は異常だと問い詰めたらこいつが全部話してくれたよ」
並尾に対する手術の報告書は、義天女に言われて正食が提出していた。
正食が言い訳がましくおどおどしながら言う。
正食「まさかあんたが世捨団の首領だなんて知らなかった。ただの乗っ取りだと思ってたよ」
三人の銃口が義天女に向けられる。
院長「いったいなぜ、こんな事をするんだ？」

義天女「無駄だからさ」
院長「どういう意味だ？」
義天女「病気は自分の生き方で自分が作ったものなんだろ」
院長「だから気持ちを変え、生き方を変えればいい。これのどこが、無駄なんだ？」
義天女「変えればいいいのが分かっていても、自分で自分を変えられないのが人間ってもんだろ」
義天女が顔の筋肉をまるで大笑いしたように動かし、死笑面から金縛りの赤い光を発する。とたんに院長たちは全員が金縛りになって指一本動かせない。
義天女「どうだい、動けないだろ。これは表面意識じゃなくてもっと下のほうに直接、縄をかけるからね。いくら動こうと思っても無駄さ」
義天女がナイフを構え千代に狙いをつける。
義天女「幸せになろうなんてとんでもないね」
義天女が一歩踏み出そうとした時、再びあの恐怖を義天女は背後に感じ、足を止める。
義天女の背後にアシュラが蛇骨剣を持って立っている。千代はアシュラを巻き込まないように話はしなかったがアシュラは夜そっと出て行った千代に気づいていた。そして千代の後をついて来ていたのだ。

アシュラ「小娘、今度こそあの世へ送ってやる！」

あの時は恐怖で顔が強張っていたが、今はすでに死笑面のスイッチが入っている。いくらあの娘でも金縛りにすればただのデクノボウ。義天女が振り返り、アシュラを金縛りにする。

義天女が勝ち誇って言う。

義天女「三度目の正直だ、覚悟しな」

アシュラが必死に神文で金縛りを解こうとし指をわずかに動かし始める。

神文は表面意識から千罪意識、神想意識までを接続する方法であるから、金縛りさえも解くことは可能だった。義天女はそれを見てアシュラに向かおうとした時、後ろから並尾が血だらけの手で義天女にしがみつき死笑面を隠す。並尾は千代を助けようとわざと管をはずして血だらけになった手で、義天女の死笑面の赤い光をさえぎろうとしていた。

義天女「死にぞこない。邪魔だよ」

義天女が振り向きざまに並尾の心臓を刺す。しかし血だらけの手でさわられて死笑面の赤い光はかなり弱まっていた。義天女がアシュラに向きなおった時にはアシュラは神文で手だけは金縛りを解いて蛇骨剣を義天女へ差し伸ばしていた。義天女の心臓が蛇骨剣で貫かれる。

義天女「そんな、私だけが死ぬなんて……」

なんとか神文で金縛りを解いたアシュラが死笑面のスイッチを逆にして青い光に変えその光で千代たちの金縛りを解く。千代が並尾に近づいて起こす。並尾は最後の力で千代の手の平に文字を書く。

千代「シ、　ア、　ワ、　セ、　ニ、　ナ、、　レ、、　」

ここで並尾は息を引き取る。千代が並尾を抱きながら慟哭《どうこく》する。元々、他人である夫婦においてお互いが配慮を欠き、お互いが相手を毒気のゴミ箱にして仇同然になって別れる事が多い社会において、千代と並尾は最後にお互いをもう一度、見つめ直せたと言える。

少花（一）

並尾の葬儀が終わり暫くしてから千代と本彦は夫婦となった。千代としてはなんとかアシュラを普通の少女のように育てたいのだが、もう千代一人ではどうしていいか分からなくなっていた。そんな千代がいろいろ相談していたのが本彦であり、結局それが縁で二人は夫婦となったのだ。その事についてはアシュラは事前に知らされており、ショックは受けなかった。アシュラにとってショックだったのは千代が妊娠した事だった。

妊娠した千代は当然、これから生まれてくる子に配慮するし、その事をアシュラにも話していく。しかし、アシュラは体だけは十二才だがまだ人工保育器から出て一年とたってはいない。つまりアシュラはまだ幼児同然の甘えたい気持ちを持っており、まだまだ千代には自分だけを見ていて欲しかった。もっと言えば自分が甘えられるお姉さんは欲しいが、自分が面倒をみるお姉さんになりたいとは思っていない。そんなアシュラに千代が「アシュラはお姉さんになるんだから我慢しなきゃね」と言った時、アシュラは家出を決意する。戦闘能力と実行力は大人以上だがアシュラの心はまだまだ子供だった。そんなアシュラが家出を決意するのはある事を思い出した為だった。それはこの町にくる途中で二日ほど泊まった孤児院でのできごとだった。千代が途中で体調を崩し、孤児院にアシュラと二人で泊まった時、アシュラは少花という十五才になる女狐族の少女に妹のようにかわいがってもらった事があった。このことを思い出したアシュラは深夜、千代と本彦が眠った後、こっそりとカメのぬいぐるみに死笑面を入れて家出する。

翌日の朝、蛇骨剣を腕輪に変形させたアシュラは、少し町から離れて、周囲には家のない孤児院の前に立っていた。朝の掃除をするために早起きした助手の鶴族の小百合がアシュラを見つける。小百合はさっそく孤児院の院長である鴇《とき》族の晴子のところへアシュラを連れて行く。アシュラはポケットから千代の筆跡をまねて書いた手紙を晴子に見せる。アシュラが見せた手紙には〝よろしくお願いします。千代〟とだけ書いてあった。

晴子が優しく声をかける。

晴子「名前は？」

アシュラ「亜美」

晴子「亜美、ここで少しママを待っている？」

アシュラが肯く。

小百合「この子、前に母親が体調をくずしてここに少しいた事がありますよ」

晴子もアシュラと千代の事を思い出していた。千代のことを憶えている晴子はあの母親が一人で置き去りにするだろうかとは思った。しかし、女手一つで育てるのは景気の悪い最近では大変なことであることも知っていた。

晴子「少し様子を見ましょう。何日かして母親が現れないようなら、あなたに事情を確かめに行ってもらうことにしましょう」

千代は体調が戻った時、近くの港町にある病院へ行くと話していた事を晴子は思い出していた。小百合も晴子の案に肯く。そして晴子は孤児院の中では一番年上の少花を小百合に呼んでもらう。少花は、本人の父親からお金をもらって一時的に預かっている子供だった。なにしろ最近の人攫《ひとさら》いは児童売春どころか臓器密売までする世捨団のような連中がいた。そんな物騒な世の中で子供ひとりを残して仕事に行くわけにはいかないと、少花の父親が晴子のところへ預けていったのだった。しかし、父親は政府軍によるゲリラの掃討作戦に参加すると言って娘を預けたまま、引き取りに現われていない。約束では何ヶ月も前に迎えに来るはずだった。晴子や小百合の心配をよそに少花は、傭兵の仕事はいつも予定どおりにいかないし、こんなことはよくあることだと言っていた。そして孤児院のまだ小さい子供たちの面倒をみるのを手伝っていた。

アシュラはお目当ての少花がやってくると目が輝いた。少花はアシュラの手を引き、他の子供たちのいる部屋へと連れて行く。アシュラは少花に言われると嬉々として小さな子供たちの面倒をみる。結局、アシュラは自分が面倒をみるだけで自分の面倒をみてもらえないのはいやなだけだった。その日の午後、仕事の区切りがついたところで晴子が珍しく子供たちを集めて話をはじめる。

晴子「みんな大きくなったらいろいろな仕事をすると思います。だから今日は仕事の話をしようと思います」
子供たちは晴子が大好きで、みんな目を輝かせている。
晴子「仕事というものはつまらないものじゃなくて本当は面白いものなんです」
子供の一人が質問する。
子供の一人「院長先生はどんな仕事をしているんですか？」
晴子「私は製本の仕事をしています。だから本ができると汚れないように糊のついた手を髪の毛で拭くんです。だから仕事が終わるころにはいつも髪の毛はゴワゴワです」
わーという声が子供たちから上がる。孤児院の経営は晴子の製本による収入と、小百合の機織での収入が中心だった。
晴子「仕事はね。熟練してくると誇りが持てるようになるのよ。だから仕事は一生懸命に努力して熟練する事が大切なの」
少花「院長先生、幼稚園の先生も誇りが持てる仕事ですか？」
晴子がにこやかに答える。
晴子「もちろんですよ」

アシュラが質問する。
アシュラ「仕事はお金の為にするんじゃないんですか？」
アシュラは千代が口癖のように言っていた言葉をそのまま晴子へ質問した。晴子は答える。
晴子「仕事にはいろいろな目的があります。誇りのため、お金をもらうため、その他にもいろいろな目的があると思います。でも最も大切な事は、全ての仕事を神様が見ていることです」
子供の一人「神様ってどこから見ているんですか？」
晴子「神様はあなたたちの心の中にいてあなたたちの行いを見ています」
へえーという感じの子供たちの顔を見て晴子が言う。
晴子「神様は今のあなたたちのように純粋でやさしいのですよ。さあ、おやつにしましょう」
わーという声をあげ、子供たちが食堂へ移動する。助手の小百合が聞く。
小百合「少花や亜美はともかく、他の子には難しいと思いますけど」
晴子「いいのですよ。親のある子は、親の背中を見て仕事に対する考え方を学べます。でも、あの子たちには私たちしか説明してあげられないのです」

そう言われて小百合は納得する。

その日の夜、小さな子供たちが寝た頃、少花がアシュラをそっと起こして食堂へ連れて行く。そして台所の棚から晴子からもらったメロンパンを取り出し2つに分けて半分をアシュラに渡す。

少花「これはね、院長先生がいつも子供たちの面倒を見てくれてありがとうと言って少花にくれたんだ」

このメロンパンは、晴子の少花への手伝ってくれたことに対するものでもあるが、同時に少花が小さな子どもたちと同じ食事では足りないだろうと思う晴子の配慮でもあった。アシュラが無邪気に聞く。

アシュラ「じゃあ、なぜくれるの」

少花「だって今日は亜美も手伝ってくれたでしょ」

アシュラはいつもと同じようにあっという間に食べ終わる。アシュラは行動の基本が戦士であるため、食事さえも必要な栄養を短時間で取得する習慣をもっていた。少花はゆっくりと食べているのでアシュラがそれを見ていることになる。少花はさらにメロンパンを分けてアシュラに渡そうとする。

アシュラ「それはお姉ちゃんの分だよ」
さすがにアシュラは受け取らない。少花が残りを食べ終わる。
少花「お父さんが迎えに来たらきっとメロンパンを一つまるごと亜美にあげるね。少花はいなくなるけど寂しくないよね」
アシュラがきょとんとした表情で聞く。
アシュラ「お父さんがくるとお姉ちゃんはいなくなるの？」
アシュラにとって少花がいない孤児院はいる意味がない。少花はそんなアシュラの気持ちが分かるはずもなく説明を始める。
少花「少花のお父さんはね。何のとりえもない臆病な人なの。でも私の大切なお父さんなの」
アシュラ「なぜ、大切なの？」
なんのとりえもない臆病な人という説明と、大切なという説明がどうして結びつくのかアシュラには分からない。
少花「だって連れ子だった少花の夢を叶えるために命がけの危ない仕事に行ってるんだもの」

アシュラ「お姉ちゃんの夢って何？」
少花「少花の夢は幼稚園の先生になることなんだ。だからその為に必要なお金をもらうためにお父さんは政府軍のゲリラ掃討作戦に参加したんだ。これが最後だよってお父さんは言ってたんだよ」
アシュラが気になって聞く。
アシュラ「ゲリラ掃討作戦ってどんな事をするの？」
少花は何の疑いも持たずに説明する。
少花「山の中にある村で、そこからとれる希少金属をゲリラたちが村人を追い出して自分たちの物にしてるんだ。でもお父さんたち政府軍はとっても強い人たちがいるから大丈夫だって言ってたんだよ。内緒にするって約束できる？」
アシュラが肯く。
少花「隊長はね。人を動かせなくする凄い技を使う人なんだ。副隊長だって長さが伸びる剣を持ってるんだ。どんなゲリラが相手だって負けるはずがないってお父さんが言ってた。だからまだ迎えに来ないけど心配してないんだ」
思わずアシュラはカメのヌイグルミを押さえ、腕輪に変形させた蛇骨剣を見てつばを飲みこむ。カメのヌイグルミの中には義天女、つまり菩殺から手に入れた死笑面が入っていた。
アシュラはおそるおそる少花に聞く。
　アシュラ「お父さんってどんな人？」
　少花は首から下げていたペンダントを開いてアシュラに父親である少心の顔写真を見せる。
それはアシュラが倒した世捨団の野兎族の男の顔だった。少花の父親である少心は、少花に
ウソをついていた。アシュラは今まで、自分と自分の愛する人を殺しに来る者は殺されても
当然だと思っていた。しかしどんな人にも親はいる。そして妻、子供すらいる事を初めて理
解した。アシュラは村で起こった事を説明するわけにもいかず、思わず泣き出してしまった。
少花は、アシュラが自分の父親の事でも思い出したのかと思って抱きしめる。
　少花「何かお父さんの事、思い出させたの」
　少花の問いかけにも答えられずアシュラはただ泣いていた。そしてこの時、アシュラの中
の戦士としての感性が眠りについた。

少花（二）

孤児院にアシュラが来てすでに四日ほど経《た》っていた。その日、助手の小百合はアシュラの事を確かめるために千代を探しに港町へ行ったまま、戻っていなかった。その為、晴子は子供たちの世話を一人ですることになり日中は仕事ができずに深夜まで仕事場で作業を続けていた。

その晴子の背後に茶腐男《チャップマン》とその手下の甘猿暴団《ロック・モンキー》が現れた。彼らは自分の毒気《ストレス》に振り回され衝動買い、ギャンブル、過食、アルコール中毒、はては麻薬にまで手を出している腐思族《ダーク・ロック》だった。

これらの行動は寄生生命体《オーラ・バンパイア》に堕ちてしまった腐思族の特色だった。もともとは彼らも普通の人間だったのだが、太陽の輪《マニプーラ》の機能不全を直そうとせず他人の生命力を吸収することを繰り返していくうちに、いつしか腐思族となって、他人から生命力を奪わなければやっていけない体質となっていた。そして今日は朝から小百合が出かけている事を確かめ、子供たちの若い生命力を奪おうと押し入ってきたのだった。茶腐男に気づき晴子が言う。

晴子「あなたたちは、いったい何を目的にここへ来たのですか。お金などありませんよ」

茶腐男「おれはもうイライラしてる上に疲れてるんだ。それでここにいる余計な子供から生命力を奪うために来たのさ」

晴子が怒って言う。

晴子「子供たちは神様から預かった天使です。余計な子供など一人もいません」

電話機に手を伸ばそうとする晴子に手下たちが襲い掛かり、首を締める。

茶腐男「今、その神様のところへ送ってやるから、子供たちを守ってくれと頼めよ」

声が出ず意識が薄れていく晴子が近くの石油ストーブを蹴飛ばす。このままでは子供たちが危ないと考えた晴子が、自分の命をかけて子供たちを救おうとしたのだ。あっという間に倒れたストーブの石油に火がつき火災報知器が鳴る。茶腐男はいまいましげに部屋を出て子供部屋へと向かう。そこで彼らが見たのは子供部屋に鍵を掛け、箒《ホウキ》を持って立っている少花だった。深夜にオートバイの音で目を覚ました少花は庭にあったオートバイを見て、そのオートバイに描かれた縞の触手の絵で甘猿暴団《ロックモンキー》が来たことが分かった。甘猿暴団には子供を誘拐する噂がある事を少花は思い出し、部屋に鍵をかけ、中にいるアシュラに戸を開けさせないように言った後、自分は部屋の前で彼らを追い払うつもりでいた。しかし少花に茶腐男から伸びた黒い縞のある触手が触れたとたん、眩暈《めまい》がして少花は倒れてしまう。茶腐男たちの黒い縞のある触手は、人の生命力を奪うもので、その触手が触れた少花は生命力を奪われ意識を失い倒れてしまった。手下たちが戸を開けようとするが、中でアシュラが開けられないようにしているのでなかなか開かない。

茶腐男たちが戸を開けようとしている間に、火が母屋にも広がり、町から出動した消防車のサイレンの音が近づいてくる。仕方なく茶腐男たちは少花だけを連れて去っていく。この時はまだ、アシュラの戦士としての感性は眠ったままだった。

薄汚い地下室へ戻った茶腐男たちは少花に黒い縞のある触手を伸ばし、少花からどんどん生命力を奪っていく。少花は意識を失い、反対に茶腐男たちは落ち着いていく。それからほとんど意識を失った少花をかついで茶腐男は自分の部屋へと入っていく。しばらくして少花が暗い部屋へ投げ込まれたときには彼女は殴られた上に乱暴されてボロボロになっていた。

一方、アシュラは部屋にいた子供たちを火のついた母屋の窓から外へ運ぶだけで精一杯だったので少花を見失っていた。しばらく探して、やっとアシュラが茶腐男たちの隠れ家を見つけ、見張りに見つからないようにして少花の前に現れる。突然現れたアシュラに少花は驚き、アシュラも連れてこられたと勘違いした。少花がアシュラを抱しめて言う。

少花「一緒に死のうか」

少花が涙を流しながら言った言葉がアシュラの中にいる戦士を呼び起こした。

アシュラ「逃げ道を探すから待ってて」

そう言うとアシュラは部屋の外へ出て鍵を閉める。そしてカメのヌイグルミから死笑面を取りだしスイッチを入れる。アシュラは死笑面で金縛りにした手下たちを次々に始末して最後に茶腐男のいる部屋の前に立つ。

茶腐男は少花から生命力を吸収しすっかり元気になった上、注意力も戻っていた。それでアシュラが手下の首を折る音に気づき、侵入者のあるのを察知し、部屋を真っ暗にしていた。

茶腐男は黒い縞のある触手を部屋中に張り巡らせて、相手が茶腐男を見つける前に手にしたナイフで殺そうと待つ。アシュラが戸を開けると同時に茶腐男が触手をアシュラに伸ばす。アシュラは神文を唱え光の念刀で触手を斬る。触手でアシュラのだいたいの位置をつかんだ茶腐男は突進する。その時、蛇骨剣の先が無数に分かれて茶腐男を貫く。何ヶ所も貫かれた激痛で茶腐男が目を開けた時、死笑面が茶腐男の動きを止め、蛇骨剣がまとまって止めを刺す。

アシュラは茶腐男を倒した後、手下たちの死体に酒のビンを口を開けたまま持たせる。その上、さも酔って眠っているような姿勢にした後、アシュラは少花を部屋から連れて孤児院へ戻ろうとする。戻る途中でアシュラと少花は、町のニュースを映す広告塔で孤児院が火事で焼けたニュースを見た。そのニュースは晴子の死と子供たちの無事も伝えていた。少花がつぶやくように言う。

少花「このまま帰るとやつらが来るわ。どこかに隠れないと」

少花は、まさかアシュラが茶腐男たち全員をあの世へ送ったとは思っていない。少花とアシュラは彼らの顔と隠れ家である地下室を知っている以上、隠れていたほうがいい。ふらふらでありながらも少花はそう考えた。アシュラは茶腐男たちを全員、死笑面を使って殺したとは説明できない。言えば村での戦闘も話すしかなくなる。

アシュラが言う。

アシュラ「少し遠いけど隠れ家ならあるよ」

少花「じゃあ、お父さん宛ての手紙にその場所を書いて小百合さんに渡すことにしよう」

アシュラは肯き、少花を連れて神殿へと向かって歩き出す。

少花（三）

孤児院が火事になった後、アシュラは少花を連れて炎鬼太陽神殿《エンキ・ラー》へと戻っていた。アシュラと少花は、日中は神殿のなかにある小さな部屋で、少花が買ってきた人形でおままごとをしたり、他の遊びで過ごしていた。ただアシュラは気になる事があって、それを調べるために毎晩、神殿から出て行き、しばらくすると髪をぬらし、金を持って少花のいる部屋に戻ってくるのだった。そして少花はその金を持って町へ買い物に出て行くのが日課になっていた。

その日もアシュラは神殿から出て行くと、夜は閉鎖されている公園の中へ高い塀を乗り越えて入る。そしてカメのヌイグルミから死笑面を取り出して顔につけると返り血を浴びてもいいように服を脱ぐ。アシュラは死笑面を持っている事も戦士である事も少花に気づかせないように注意していた。そして、気になる歪みの原因を探してその日もアシュラは夜の闇へと姿を消す。

今日も、以前に千代と暮らしていた頃には感じなかった強烈な歪みの方向へと走っていく。そして人気のない袋小路に坐っている一人の乞食坊主の前に姿を現す。その男は見た目にはただ座禅をしているだけの坊主だった。しかしその座禅は通常のやり方とはまったく異質のものだった。通常の座禅は、外からの情報の遮断と日々の忙しい作業で落ち着いているにすぎない。要は本人の心から外へ影響がおよばない程度のものである。それに対してこの坊主の座禅は周囲の空間を歪めてしまうほど強烈であり、人の生命力を削り否定する、いわば死に至る禅、死禅とでも表現すべきものだった。これはラー一族に伝えられている死義書で

〝暗性優位の三昧〟と呼ばれている状態だった。アシュラは睡眠学習で知っているから区別できるが、大悟、見性、さとり、解脱としばしば誤解される状態だった。もちろん、本人が自分の人生を無駄にするのは勝手だが、それを本人だけでなく、周囲までも解脱と間違えると周囲の人たちの人生も巻き込んでしまう。つまり、周囲の人の人生も健康も台なしにする。この死禅は、人間の本来持っている生命力を、暗黒行という瞑想によって、言わば凍傷にするものだった。だから一切の欲望が消えたように錯覚するのだが、それは心がいわば壊死したからにほかならない。結局、彼らは次の転生においてまた最初から人生をやり直すことになる。

その上、かれらは異次元の単なる意識体を、神、仏と勘違いして信者たちを洗脳していた。そして自分と周囲にいる人たちを死に至らしめ、遷化《センゲ》と称して祝ってさえいた。

いったい誰がこんな馬鹿げたことの元凶なのか、アシュラはそれを探っていた。その上、彼らは野良犬族の暴力団と組んで彼らの麻薬取引の金庫となっていた。彼らは自分たちを死禅教団と称して、人を生ける廃人とし、社会を壊し、人類の滅亡すら認める。そのような彼らにとって自分たちの役にたつ存在なら、暴力団だろうと人でなしだろうと関係なかった。

アシュラが乞食坊主の前に姿を現すと、後ろから数名の野良犬族がピストルや短刀を持ってアシュラに迫る。アシュラが振り向き、死笑面を見たかれらは硬直する。一瞬にして野良犬族を倒した後、もう一度アシュラが乞食坊主の前に立つ。乞食坊主はアシュラの存在を感じてようやく口を開く。

乞食坊主「なぜ修行のジャマをする？」

アシュラ「生命を否定するから」

乞食坊主「私が何をしようと自由ではないか？」

アシュラ「あんたらは山奥で一人でやればいいんだ。他人を洗脳して巻き込むのはやめな」

言い棄ててその場を去ろうとした時、坊主がいきなりピストルを出すが、発射されるより速くアシュラの蛇骨剣が坊主を貫く。アシュラは公園に戻ると返り血を噴水でよく洗い、服を着て神殿へ戻る。

神殿へ戻ったアシュラは金庫から金を取り出して少花のいる部屋へと向かう。アシュラにとっては食料などに必要なお金を少花に渡すのは千代の時と同じように必要だと思っていた。ただ、アシュラが少花に金庫のことを話さないのは、その部屋にある壁画を見せたくなかったからだ。部屋には正面には戦闘神《ドルガー》の姿、左には七面天女《ハリティー》の姿、右には蓮華女神《パールバティ》が描かれている。いわゆる女神の三態であるが、やさしい表情の蓮華女神はいいが、髑髏《どくろ》の首飾りをして悪霊の首を持つ七面天女の姿はその顔がアシュラに似ているので少花には見せたくなかった。その点、千代は雑描族であったため、夜目が利き、かなり暗い部屋でも金庫を開けることができた。そういう事情もあって、アシュラは自分で金庫からお金を取り出して少花に渡していた。しかし、それが少花に誤解を持たせてしまった。

次の日もアシュラが出かけようとすると少花が強い力でアシュラを引き止める。少花はアシュラが児童売春で毎晩、金を手にしていると誤解していた。

少花「今日は私が行くわ」

アシュラ「外は危ないよ」

その危ない外へ自分より年下のアシュラを行かせるわけにはいかないと少花は思っていた。

少花「この人形で遊んでいて」

この前、少花が買ってきた着せ替え人形を押し付けられ、しぶしぶアシュラは肯く。

アシュラが心配そうに見守る中、少花は町へ出て行く。町へ出てみたものの、なかなか決心がつかなかった。それは、父親からいかに売春が危険なものかをくどいほど教えられていたからでもあった。まず天州国において売春は非合法なので客から暴力を振るわれたり、金を払ってもらえなくても警察にさえ相談できなかった。だからと言って保護を求めて暴力団などの支配下で売春する場合も、麻薬で体がボロボロになるまで働かされる事件が後を絶たない。その上、疫病《エイズ》をはじめとする病気の感染率が上がっており、とても割りに合う仕事ではないと父親は言っていた。父親にしてみれば危険な仕事をしている自分が死んでも、娘には売春をしてほしくないからこういった実状を説明をしていたのである。しかし、実際には少花のような、学歴もコネも技術もない娘がてっとりばやく稼ぐ方法は限られていた。少花は濃い口紅をつけ、昨日買った胸元をあらわにした服をコートですっぽり隠して路上に立っていた。そしてまず危険でない客を見つけようとしていた。若い男たちはしばしば暴力を振るう上に金がないどころか、逆に金を奪いかねない怖れがある。かといって中年は中年でまったく余裕がないか、あっても危なそうな男だったりと、少花はなかなか客が見つけられずにいた。そんな少花を数人の野良犬族が取り囲む。そして猿轡をして手足を縛り、町はずれの墓地へと連れて行く。墓地でやっと猿轡をはずされた少花が叫ぶ。

少花「私はまだ何もしてません。許してください」

少花にしてみれば、野良犬族のナワバリで勝手に商売をしようとしたので捕まったくらいしか思いつかなかった。

野良犬族の男がうるさそうに言う。

野良犬族の一人「用があるのはお前じゃねえよ。もう一人の小娘だ」

少花が驚いた表情になり、聞く。

少花「亜美が何かしたんですか？」

周囲には十数人の野良犬族がピストルや日本刀をもって黒衣の僧侶の周囲にいた。

野良犬族の一人がうるさそうに言う。

野良犬族の一人「お前が出てきた神殿にいる小娘がこの大先生の弟子を殺したのさ」

少花は驚きに言葉さえ出ない。昨日、わざわざアシュラにピストルを向けて殺された弟子は自分の血液の中に特殊な液体を注入していた。その血を浴びた者はいくら水で洗っても、探知機で探しだすことが可能であり、弟子はアシュラを追跡する為に、わざと殺されていた。返り血を付けたアシュラはいつものように水で洗って神殿に帰ったが、実は野良犬族に居場所が分かってしまっていた。その上、彼らは隠しカメラでアシュラの姿を撮っていた。そして今日、彼らはそこから出てきた少花を捕まえて人質にしてアシュラをおびき寄せようとしていた。しばらくして野良犬族の一人が叫ぶ。

〝きたぞ、きた〟

アシュラは彼らの指示通り手に何も持たず、服も着ずに墓地に現れた。いままで何人もの野良犬族が殺されているので彼らはアシュラに武器を隠されないように、服も着させなかった。

〝回れ〟と言う声に従ってアシュラが回ってみせる。背中に武器がないかどうか確かめる為だ。アシュラが武器を持っていないことを確認した野良犬族の一人が叫ぶ。〝殺っちまえ〟という言葉と獣の叫びがあがり一斉に襲いかかろうとする。その時、アシュラが指の先に結んだピアノ線を引き、遠くに用意していた死笑面をたぐり寄せる。野良犬族がアシュラに接近するより速く彼らは死笑面の赤い光によって金縛りになる。そして腕輪から変形させ、無数に先が分かれた蛇骨剣に全員が一瞬にして貫かれる。しかし黒衣の僧侶の周囲には闇の結界があって蛇骨剣が入っていかない。その上、黒衣の僧侶は死笑面で金縛りにもならない。この黒衣の僧侶こそ死禅教団の教祖、単死大師《タンデスダイシ》だった。

単死「小娘、なぜ解脱のジャマをする？」

弟子と同じ質問、いや弟子が師の真似をしたのだ。

アシュラ「ウソつき。お前のはただの暗性優位の三昧《サマーディ》だ！」

単死「なぜ、弥勒《ミロク》の末でしかない神族がそこまで言い切る？」

アシュラ「覚者は光と一緒だ。お前が一緒にいるのは闇だ」

単死大師の前に黒い空間が2つ現れ急速にアシュラに接近する。ぎりぎりでアシュラは避けたが、死笑面が割れる。まるで鎌鼬《かまいたち》とでも表現するしかない割れ方だった。アシュラが蛇骨剣を一つにまとめてもう一度、単死大師へ斬りつけようとするが黒い空間がジャマして蛇骨剣が届かない。アシュラは神文を唱えあたりを覆い始める闇を払おうとする。その時、アシュラの背後から月我意の声がした。

月我意「アシュラ、交代だ。おれが相手をする」

アシュラが退がると月我意が人智剣を出し、片手に霊石《イリジウム》を持って黒い空間を斬る。アシュラを襲った黒い空間は本来の物《もの》の怪《け》となって消滅する。

月我意「出家と言っても社会から家出したに過ぎない落ちこぼれ坊主が〝解脱〟など言うのは百年早い」

月我意が人智剣で単死大師に斬りこみ、闇の結界を失った単死大師が倒れる。その間にアシュラは、月我意と共に探していた千代、本彦、そして病院の出入業者で千代を紹介した白像族の吉象たちと再会していた。縄をほどかれた少花がアシュラに聞く。アシュラはすでに服を着ている。

少花「さっきのお面と剣はどうして持ってたの？」

少花はアシュラの付けていたものが死笑面ではなく、アシュラの使った剣が蛇骨剣でない事を確かめたかった。
アシュラ「世捨団の菩殺と三頭犬から手に入れたの」
彼らが生きてそれらを渡すことはありえない。それは同時に少花の父の運命についても暗示している。
少花「私のお父さんを殺したの？」
アシュラの目に涙が浮かぶ。
アシュラ「ごめんね、お姉さん」
少花「なんで、なんでお父さんを殺したの」
月我意「お前の父親は世捨団の一人だった。世捨団は村を襲った人でなしだった。アシュラはその世捨団から村を守るために戦っただけだ」
千代「あなたはお父さんからどう聞いているか知らないけど、あなたのお父さんたちは村の人を全部、大人のおんなは売春窟に、男たちは内臓密売業者に売ろうとしたの」
少花が叫ぶ。
少花「ウソよ。ウソに決まってるわ！」

あまりのことに少花は泣きながら駆け出していった。少花の後をアシュラが追いかけようとするが千代がしっかり引き止める。千代たちは、孤児院の助手である小百合が少花から預かっていた手紙で居場所を知りやってきた。その時、この町にいる単死大師と謎の少女が採めているという情報を吉象がつかみ、多分少女はアシュラであると考え、月我意の応援を頼んでいた。

この後、月我意たちはアシュラに案内されて神殿の中へと入る。そこで月我意と吉象はアシュラの人工保育器にある二つの紋章を見て〝やっぱり〟と肯く。

アシュラが月我意に聞く。

アシュラ「何か知っているの？」

月我意は千代と本彦の方を見てから話し始める。

月我意「前の大戦の起きた大きな理由は、在家法を公開するかしないか……とされている。しかし、それ以外にも大きな理由があった」

吉象はともかく、千代や本彦にとっては初めて聞く話だった。

月我意「もちろん、第一次大恐慌の後、結局、大国が戦争によって経済的な問題を解決しようとした理由もあった。身分制という歴史が作り出した支配のための牢獄もあった。しかし、語られなかったもっと大きな理由がある」

千代「それはどんな理由ですか？」

アシュラを見ながら月我意が話す。

月我意「それはアシュラの父上と母上の悲恋の物語だ」

吉象が人工保育器についている二つの紋章を指して説明する。

吉象「この六芒星はラー一族の紋章、そしてもう一つのコプト十字はアモン家が使う紋章だ」

月我意「つまりアシュラの父上はラー一族の道務示《ドウムジ》、母上は今のオシリス・アモン大統領の姉、偉南奈《イナンナ》だ」

あまりにも想像を超えた話に千代と本彦は声もない。アモン家とラー一族は遥かな昔から現在に至るまで太陽系における永遠のライバルとして時に戦い、時に協力してきた歴史を持つ。しかし、お互いがその方向性を別々にするがゆえに決して結ばれようと考えることはなかった。

月我意「ラー一族が伝承する死義書の正式名称は『死に至るまでにいかに意義ある人生を送るかについての書』だ。つまり、どうやって社会でよりよく人生を過ごすかという現実世界を中心とした考え方だ」

吉象「それに対してアモン家の生義書の正式名称は『なぜ人は生まれるかについての意義書』だ。この内容は輪廻《りんね》の結果によって人はその宿業《しゅくごう》を持って生まれるとする霊的世界を中心とする考え方だ」

アシュラが聞く。

アシュラ「でも両方とも人には必要なんじゃない？」

月我意が頷きつつ言う。

月我意「その通りだ。そしてその考えをもった二人、つまり道務示と偉南奈が惹かれ合い結ばれるのも必然だった」

吉象「だが、それは太陽系に新たな神族が誕生する可能性を持っているということだけではすまなかった」

月我意「アモン家とラー一族の血を引く子供は新たな王族の誕生であり、太陽系において長い間、ライバルであったアモン家とラー一族の統合と協調の精神的な象徴となる」

千代も本彦もよく分からないという表情なので吉象が説明する。

吉象「つまり、アモン家とラー王家より上になりうる、アモン・ラー王家の誕生なんだ。

それでもラー王家のアーリマン・ラー二十二世は二人の結婚を祝福した」
月我意「しかし、オシリス・アモン大統領は、偉南奈が姉であることもあって、ラー一族の陰謀だと吹きこまれて反対し、刺客を送ってしまった」
吉象がアシュラを見てから更に説明する。
吉象「そしてそのお二人の間には未熟児がいたという話があった」
千代が気になった事を聞く。
千代「でも、それではアシュラの年齢は……」
月我意「そもそも超未熟児だったのか、人工授精だったのかも分からないが、きっと十二才のまま眠っていたのだろう。そして自分を必要とする人が現れるまではずっと眠り続ける予定だった」
千代「じゃあ、アシュラは私の呼びかけで眠りから覚めたのですか？」
アシュラが千代を見て頷く。本彦が千代を見てから聞く。
本彦「もしかしたら、ここにアシュラの御両親の映像があるんじゃないですか？」
千代「もしそうならアシュラに見せてやりたいんです」
月我意がアシュラを見て聞く。

月我意「この神殿が消滅しても映像を見てみたいか？」
月我意の問いかけにアシュラが答える。
アシュラ「父上と母上を見てみたい」
吉象「じゃあ、まず脱出用の地下通路を見つけてから主電源を入れなきゃならない」
月我意が説明する。
月我意「主電源を入れればここはもっと明るくなるが、同時に監視衛星に神殿が活動していることを知らせる事になる」
吉象「つまり、われわれみたいな連中が神殿を利用していることが連邦軍に分かるということだ」
まだ、前の大戦で生き延びた月我意たちは連邦政府から追跡されていた。本彦が驚いて聞く。
本彦「前の大戦は何十年も前なのに、まだそれほど厳重に監視しているんですか？」
月我意が、前の大戦での最大の対立点であった在家法について説明を始める。
月我意「そもそも人類は神々《ネフリム》と呼ばれる存在が遥か昔、自分たちの遺伝子を使ってつくったんだ。本来は彼らと同じ能力と可能性を持つ存在だった。しかし神々は、人類が自分たちを脅かさないように能力の一部を封印しておいた。その封印の一つが知恵の木とよばれる能力であって、この封印は炎鬼太陽神によって人類の為に解かれた結果、人類は思考能力と生殖能力を獲得する」
千代と本彦が理解できているのを確かめて吉象が説明する。
吉象「そしてもう一つの封印、命の華に象徴される〝封印〟を解く方法こそが在家法なのだ。在家法によって命の華に象徴される能力を人が覚醒させた時、人は輪王《ミトラ》と呼ばれる存在になる」
本彦が聞く。
「つまり、今より人は賢くなるのですか？」
吉象「今より賢くなるだけではない、力を持ち、愛を感じるようになるから、権力を握る連中の都合で簡単に支配することができなくなる」
月我意「支配の本質は力と知識を独占することで成り立つから、もし在家法が人類に広まると、選民官僚や、腐配族、そして宗教を利用して金と権力を持つ連中にとってはとんでもない事になる」
本彦「つまり、人類にとって本当の革命が起きるのですね」

月我意と吉象が肯く。
千代「でも、なぜ主電源を入れるとアシュラの御両親を見ることができると分かったのですか？」
月我意が天井に描かれた伝説の核戦争のある部分を指さす。
月我意「あの絵は、確かに伝説の核戦争の絵だが、伝説には無い部分がある」
月我意が指差した部分には、手書きで六芒星とコプト十字、それにチャンディーの梵字《ボンジ》が書かれており、その下の所には電源のスイッチの絵があった。
月我意「あの梵字は大広間にあったものと同じだ。そして二人の紋章と電源のスイッチの絵がある以上、きっと主電源が入ると大広間に二人の映像が映るはずだ」
吉象「さあ、早く探して大広間でアシュラの父上と母上の映像を見ることにしよう」
主電源を入れた直後から神殿の周囲は監視が始まるので、どうしても地下の秘密通路を見つける事がが必要だった。しばらくして月我意たちはまだ薄暗い神殿をアシュラに案内されてなんとか地下への秘密の通路を見つける。大広間に戻った月我意たちは主電源のスイッチを入れる。照明がつき、神殿全体が光に満たされる。光の中、大画面に二人の男女が抱き合っている映像が映される。

アシュラ「父上……、母上……、」

アシュラは初めて見る父と母をじっと見つめる。さほどの間をおかず警報が神殿全体に鳴り響く。

吉象「随分と速いな」

月我意「技術は進歩するってことだよ」

月我意たちは大急ぎでアシュラを連れて地下の秘密通路へとむかう。月我意たちが地下の秘密の通路を通っている最中に軍事衛星からの超原光線《メタトロン》が神殿を消滅させた。

これはまだ天州国が真夜中の出来事だった。

アシュラ少女編　終

アシュラ青春編

出会い（一）

太陽系において最も辺境の星と言われる青白星《ポエニ》に宗教都市、盤爆《バンバク》はあった。盤爆は前の大戦でラー一族が敗北した結果、今は連邦軍の直轄地となっており、人造人間であるヒドラ提督とその部下である腐鳥族《ハゲタカ》がいた。その盤爆の北のはずれに位置する岩だらけの山岳地帯にアシュラが一人、蛇骨剣を腰の荒縄に差して来訪者を待っている。アシュラは虎の毛皮を腰に巻いてはいたが、黒い肌、豊かになった胸を隠そうとしていない。まだ、陽が昇る前の東の空は薄紫色に変わり始めたばかりで、鳥たちも静かにしている。

結局アシュラは白象族である吉象の養女となっていた。整った顔とその見事な肢体に言い寄る男は多かったが、その殆どがアシュラの示す条件を聞いて諦める。一つ目の条件は、アシュラを外見ではなく、アシュラの心を本当に愛する事。二つ目は、アシュラより強い事。具体的にはアシュラが蛇骨剣を持って踊る死者の舞踏《ターン・ダバ》が終わるまでアシュラの攻撃をしのぐことだった。

ほとんどの男はアシュラの武勇伝を聞いただけで諦めて去っていった。それでもアシュラに申し込んでくる男は、アシュラの首にかかった〝闇の賞金〟目当ての連中だった。連邦政府は公式には賞金首など認めていないが、実際には、連邦政府に従わない者たちに闇の賞金を懸けて抹殺していた。アシュラの養父である吉象は薬品の中身を一般溶血剤《プロキシナーゼ》から有効溶血剤《ルンブルクスベルク》に入れ替える違法行為を行なっている魔眼団《マガンダン》の首領だった。

吉象たちは表向きは薬の業者を装っているが、実際は前の大戦で敗北したかつての仲間を中心とした武装集団だった。その為、吉象の首に賞金が懸けられ、その養女であるアシュラにも賞金が懸けられていた。連邦政府はアシュラの出生の秘密をまだ知らない。本来ならひっそりと隠れているべき吉象たちがあえて違法行為をしているには訳があった。他の惑星では有効溶血剤は治療薬として認められているのに、青白星では医薬品業界から献金をもらうヒドラ提督によって却下されているからである。そしてアシュラは昨日、吉象から、前の大戦で共に戦った銀狼族の男がもう一人の男を連れて今日の明け方、訪ねてくるので案内するように言われて待っていた。アシュラは岩の上に腰掛けてラー王家に伝えられている死義書の中の言葉を口ずさんでいた。

アシュラ「力なき者は哀しい。
愛なき者はむなしい。

知恵なき者は苦しい」

アシュラがふと口を閉ざす。待っていた二人と、招かれざる賞金稼ぎたちの集団の気配を同時にとらえたのだ。待っていた二人のうちの一人は、賞金稼ぎの百名近い集団へ斬りこみ、もう一人はアシュラに向かう数名の賞金稼ぎに立ち向かっていた。この男は吉象とかつて共に戦った銀狼族のイアフメスだった。アシュラとイアフメスによって賞金稼ぎたちが倒された頃には、もう一方の百名近い集団は全滅していた。イアフメスが連れてきた男こそ、ラー王家のタケミナカタ・ラーだった。タケミナカタは、ラー王家の地神剣を取り戻したあかつきにはアーリマン・ラー二十三世を名乗る予定だった。彼は生まれた時に大統領府の選民官僚から密かに暗殺指令を出されており、その首にかかった金額は太陽系においてこれまでの最高金額を示していた。その理由の一つは前の大戦で中心的な役割を果たし、その首都を焼け野原にされた飛鳥の王であるためだった。飛鳥の首都を焼け野原にした大空襲は、老人と女子どもしか残っていなかった首都の周囲をまず火の海にして逃げられないようにしてから、中心部へ焼夷弾の雨を降らせた虐殺だった。そのため、飛鳥の人々がタケミナカタを中心に団結して選民官僚たちへ復讐するのを彼らは怖れた。

そしてもう一つの大きな理由は、アモン家に仕える三賢女に現状の体制に革命を起こすと預言されているためだった。

アシュラ「凄いわね」

何かを忘れようとするかの如きタケミナカタの戦い方にアシュラは感嘆する。二人は荒涼とした地に目立たないマントを羽織っているが下に戦闘強化服を着けていた。タケミナカタがマスクをはずす。白い肌で金髪の神族だった。そしてどこかアシュラの父上と似ている顔立ちだった。

アシュラ「なんていう戦い方なの。まるで死にたいような凄さだわ」

タケミナカタはつい最近、実の父親であるミノタウルス・ラーとの闘いで、結局、父親を自決させていた。それはミノタウルスが大統領府から密かにタケミナカタ暗殺指令を受けていたために起こった悲劇だった。そのどうしようもない想いはまだタケミナカタの心中で整理されていなかった。

タケミナカタ「それは誤解だ。ただ空《むな》しかっただけだ」

アシュラがなぜと問いかけようとする前に、陽が地平に姿をあらわそうとしている事をタケミナカタが指で示す。陽が昇り始める前、つまりすべての濃い闇が消える前に、三人は地下へ入らなければならなかった。

アシュラは秘密の通路からタケミナカタたちを更に奥にいる吉象のところまで案内する。

ただ、アシュラはなぜあんな質問をタケミナカタにしてしまったのかと自分の心が分からなくなっていた。タケミナカタもまたなぜあんな言葉をアシュラに使ったのか分からなかった。

二人が並んで歩く後ろをイアフメスが苦虫を噛《か》み潰《つぶ》したような表情で歩いていた。イアフメスはまだ赤ん坊だったタケミナカタを守るため、母親であるカーリー女王から預かって虚界《ヴォイド》の森と呼ばれる場所で、つい最近まで隠れ住んでいた。さっきも賞金稼ぎたちが現れたように、タケミナカタの周囲には常に死の危険があった。そして吉象の話からすれば、アシュラもまた生まれながらにして死の危険がある娘だった。若い二人が惹かれあうのはともかく、現実においては死神を二倍にしたようなものだとイアフメスは思っていた。

迷路のような地下道を通って八葉蓮華の彫られた壁のある場所へ二人は案内された。そこでは吉象が、人型になり、黄色の肌で腕を組んで立っていた。眉間の第三の眼（魔眼《アジナ》）が開き超能力を持つ吉象にウソは通用しない。イアフメスが前に出る。

イアフメス「久しぶりだな」

吉象「何の用で来たんだ」

吉象の言葉は固い。

イアフメス「要件は二つ、一つはかつての約束を果たしてもらう事、もう一つは盤爆の南の河原に要塞を造ってもらう事」
かつてイアフメスと吉象は前の大戦、つまり光覚革命が敗北に終わった時、いつの日か再び力を合わせて立ち上がる事を約束してそれぞれ身を隠したのだった。
吉象「その前に飛鳥の王に聞きたい事がある」
タケミナカタと吉象の二人の間に緊迫した空気が張り詰める。魔眼団の首領である吉象にしてみれば、ここで人物を見誤れば配下とともに無駄死にすることになるので真剣だった。
吉象「革命の大義は」
タケミナカタは吉象の眼をまっすぐ見て答える。
タケミナカタ「共存する意思のある者全てが人として共存できる世界を取り戻す事」
吉象「命も、名も、金も全てを捨てる覚悟はおありか」
タケミナカタ「すでに父を失い、母を捨てた。飛鳥の王宮にあった金は全て後から白狼族が明日の明け方には運んでくる。全てを失う覚悟をもってここへ来た」
吉象「なぜそこまでするのか」
タケミナカタは眼を逸らさず答える。

タケミナカタ「生まれてくる事さえ許されない腐敗しきった世界に未来を取り戻したいだけ」

吉象の表情はまだ固い。

吉象「確かに志《こころざし》があり、覚悟もあることは分かりました。だが、それを実現できるだけの力を持っていることを〝神々の祭典《アーンク・オリンピア》〟で我々に証明してほしい。それが我々の未来を賭ける為の条件です」

盤爆で明日から開催される神々の祭典は、前の大戦で敗死したアーリマン・ラー二十二世から大統領府が没収した、ラー王家の地神剣の所有者を決めるために三年に一度開催されていた。もともと太陽系における最高の三神剣の一つである地神剣は、持つものに炎に象徴される圧倒的な力をもたらす神剣だった。これを、二度と大統領府に逆らわないように選民官僚は取り上げたのだった。しかし、ただ取り上げただけでは理不尽に奪っただけになるので、神々の祭典を開催して地神剣の所有者を決めるということにしていた。

タケミナカタ「必ず地神剣を取り戻す事を約束する。ところで要塞の件については？」

吉象「用意していただいた金の分は造ります」

タケミナカタは肯くとイアフメスと共に退出した。後に残されたアシュラが吉象に問いかける。

アシュラ「彼が親殺しの王ですか」

事実は違うが、連邦政府はそのようにタケミナカタの悪評を巨大放送《マスコミ》を使って広めていた。

そして闇の賞金首として十億エン・ドルの金額が大統領府の選民官僚たちによって懸けられていた。これは普通の人が生涯かかっても手に入れられない金額だった。

吉象「そうだ。実の母親から実の父親と決闘して勝てと言われたそうだ」

アシュラを一時育てていた千代やその夫である本彦には、想像すらできない話だった。

アシュラ「そんなにひどい父親だったのですか」

吉象「いいや、心の温かい父親だ」

アシュラはあの青年に哀しみの影がある理由が少しは分かったような気がした。

アシュラ「かわいそうな人なんですね」

吉象はアシュラの目を見て話す。

吉象「最初に言っておくが、あの男には平穏な日々も幸せな家庭もないぞ。あの男を好きになっても人並みの幸せはない」

アシュラは吉象が自分の胸の内にある感情に先手を打った事に少しむっとして言い返す。

アシュラ「私に人並みの幸せがあると思っていたのですか？」

吉象「お前を養女として引き取った時、自分で自分に約束した事だ。きっとお前には人並みの幸せな人生を送らせる……と」

アシュラは今まで聞いた事がなかった話にびっくりして吉象を見たが、黙ってその場を去っていった。

出会い（一）

宗教都市、盤爆の中心にある大円形闘技場は、強力な照明の光でまるで昼のように明るかった。西側の観客席はタケミナカタを倒す正義の英雄《ヒーロー》を応援する観客で埋まっていた。連邦政府を支配する大統領府の選民官僚は、巨大放送《マスコミ》を使って〝タケミナカタこそが世界に戦争を引き起こす呪われた存在〟だと繰り返し説明していた。加えて、高視聴率が見込めるという理由だけで、本来は昼に行われるはずの試合が夜のゴールデンタイムに行われることになった。

もはや太陽系の巨大放送は真実を伝えるために存在するのではなく、都合の悪い真実を隠蔽するために存在していた。例えば、タケミナカタが世界に戦争を引き起こす男だという預言であるが、これはまったく意味が違っていた。元々のアモン家の三賢女の預言は次の三つである。

〝このまま腐敗と偽善と自己保身を続けていくなら暗黒神による大いなる戦いと世直しが起こる〟

〝暗黒神の誕生は来年の青輝星《シリウス》の日、誕生の地はアスカ〟

〝すべてはこれからの行動によって決まる〟

これが三賢女によって大統領府へ伝えられた内容だった。この預言は選民官僚に対して腐敗と偽善と自己保身を改めよという警告が目的であり、もし、選民官僚がそれを改めないなら、暗黒神がいなくても大いなる戦いと世直しが起こるのは当たり前だと考えるべきだった。しかし選民官僚はすでに腐り切っており、テレビを中心とした巨大放送もまた選民官僚の太鼓持ちに堕落《だらく》していた。

その結果、タケミナカタは人でなしの大悪人となり、対戦相手は正義の英雄扱いされ、西側の観客席はねじ曲げられた報道にマインドコントロールされた民衆によって満席となっていた。それに対して東側の観客席には、アシュラと魔眼団の仲間である天馬族《ペガサス》のエフがいるだけだった。そして中央の頑丈な装甲と厚い防弾ガラスで覆われた特別貴賓席には、ヘロディア王妃とサロメ王女がいた。巨大放送によってこの二人は、正統なる王位継承者でありながらタケミナカタによって王位を奪われ飛鳥の国から追放された悲劇の王族とされていた。

エフがヘロディアたちを見ながらアシュラに言う。

エフ「いくら自分の娘を飛鳥の女王するために連邦軍と手を組んだからと言っても、いくら何でもひどすぎる」

アシュラ「飛鳥の国民をバカにしてるわ」

実際は正統な王位継承者はタケミナカタであり、ヘロディアたちは、追放された訳ではなく、自分たちの意志で出て行ったのだった。エフが西側のプラカードを持っている連中を指して言う。

エフ「あの連中、分かっているのかな?」

アシュラもエフもコートの下には戦闘強化服を装着している。今日のタケミナカタの対戦相手は腐頭族《ロバ》である毒男《ポイズン》だった。毒男は三重装甲の戦闘強化服を装着し、毒気《ストレス》と毒ガスを使う賞金稼ぎだった。いくら巨大放送に向かって「毒ガスは使わずに勝つ」と宣言したからといって観客席が安全とはかぎらない。

アシュラ「腐配族《マスコミ》を信じる者は救われない」
そこへもう一人の男がやはりコートで戦闘強化服を隠しつつ現れる。アシュラが突き放したように言う。
アシュラ「何しにきたの」
アシュラたちのところへ来たのは天州国の元記者で星竜族《ドゴン》であるコウキョウだった。
コウキョウ「あんたらが西側の連中を見て怒っているのは分かるよ。ついでに言えばそれを太鼓持ちのようにあおっている巨大放送の一員だったおれを嫌うのも分かってるよ。しかし、全部が全部腐ってるわけじゃないんだ」
ここで少し間をおいてコウキョウが続けて言う。
コウキョウ「おれの彼女だってちゃんと報道しようとしたんだ。でも殺されちまった」
エフ「あの子はお前の彼女だったのか？」
元アナウンサーで旧い核施設の破棄を目的としたＮＴＯという非課税団体のために彼女は寄付集めに尽力していた。しかし、集まった金は他の目的で使われ、それらの破棄はまったく行なわれていなかった。そのことを知った彼女がＮＴＯの代表者に問い詰めたところ、逆に彼女は口封じのために殺されてしまった。アシュラやエフは彼女が殺された事を知っていたので、連日、もっともらしく自殺説を報道している巨大放送には、本当に呆れていた。しかし元アナウンサーがコウキョウの彼女であったことまでは知らなかった。

コウキョウ「ああそうだ。あんまりひどいんで俺も辞表を出して今はフリーさ。でもフリーになって調べてみると、他殺なのに自殺とされているのは彼女だけじゃないってことが分かってきたよ」

多くの記者や政治家が、実際は殺されているのに自殺として繰り返し報道されていた。

アシュラ「つまり、全部が全部、腐っていないと言いたいわけ？」

コウキョウの話を聞いていたエフが言う。

エフ「なぜ、テレビを中心とした連中が腐配族と言われているのか分かってないようだから説明しようか？」

コウキョウ「ああ、命がけでやってる仲間もいるのにひどすぎるよ。是非、聞かせてくれ」

少し間を置いてエフが話し始める。

エフ「まず、なぜ記者が殺されるのか。選民官僚たちにとって目障りだからだが、なぜ、こんなにも多くの記者や政治家が殺されているのに自殺説だらけなのか？　これは今のテレビを中心とした巨大放送の上部構造が、物事の本質を評価できない一般管理職構造を持っているからさ」
コウキョウ「どういう意味なんだ。一般管理職の構造に何か問題でもあるのか？」
一般管理職の構造で代表的なものは選民官僚であり、大企業でもかなりの企業で一般管理職の構造にそれを移行している。これは天州国では普通に見られる管理体制だった。
エフ「自分たちが報道している内容が、世論操作のためのガセネタなのかどうかも判断できないという意味だ」
コウキョウ「それは言い過ぎだろ。少なくとも専門家や代表的な識者からの意見を聞いてから判断してるんだ」
エフ「でも専門家の良否の判断はできないだろ。専門家が一流か二流か、それに金をもらった嘘つきかどうかは素人には判断できないよな」
コウキョウが当り前という顔で答える。
コウキョウ「あたり前だろ。専門家のレベルが分かればそいつは専門家だ」
エフ「今は専門家のレベルを判断できなければ、カゼネタだろうと嘘っぱちだろうと片棒を担ぐ羽目になっちまう時代なんだよ」
コウキョウ「しかし、そんなことは読者や視聴者が判断することで、記者はそのための材料としてニュースを客観的に流すのが役目なんだ」
エフ「その結果、いくつもの企業が腐ったニュースを流しても気づけないから腐敗族という仇名なんだ」
アシュラ「もういい加減、偽装報道をやめないと石を投げられるよ」
エフ「あんたは確かに真っ当であろうとしている。でも真っ当であろうとするなら、客観的なんてありえない。なぜなら、嘘つき政治家の『やってません』『知りません』を垂れ流して報道する事が、世論操作に協力していることになるんだ」
コウキョウ「しかし、今は、はっきりと判断できるだけの時間が無いんだ」
かつて天州国でも、まともな報道体制が確立されていた時代には、丹念に一つの記事を追う記者がいた。しかし、いまや日々の報道内容を、他社に遅れないようにするのが精一杯になっていた。
アシュラ「あなたの彼女はかわいそうだと思うわ。でも本当の事を知らなければ人も、組織も、また、国家さえも生き残ることができない状況になってるのよ」
エフ「少なくとも、彼女のような悲劇を繰り返さないようにするには、表面的な説明や建前じゃなく、もっと背後の利害関係をはっきり理解させるようにしないと、善意の人の金も命も無駄になるんじゃないのか」
コウキョウ「しかし、一般管理職の構造の問題と、彼女や殺された人たちの問題はどう関係するんだ？」
エフ「専門家なみの確信を持った記者が少なすぎるから、おかしいなと思っても右へ倣えで自殺報道だらけになるんだ。一般管理職の記者には、確信を持って他殺説なんて言えないだろ。つまり、ほとんどが確信が持てない記者だらけだから、確信を持った少数の記者が殺されるんだ」
アシュラ「確信を持つ記者がほとんどなら、簡単には殺せないわ」
コウキョウはさすがに内部事情を知っているだけにそれ以上は反論しなかった。
アシュラ「もうそろそろ始まる」
アシュラとエフが戦闘強化服のマスクをつけ、コウキョウもマスクをつけた。
西の出入口から腐頭族の毒男が嵌滅留《ハメルン》の笛をもって現れる。嵌滅留の笛は毒気発生装置《ストレス・ボム》であり、その効果は周囲の人間の思考能力を著しく低下させ、心を壊し、肉体の免疫機構を破壊して癌さえ発生させる。そんな事は知らない西側の観客席からひときわ大きな声援が起きる。東の出入口からタケミナカタが赤い戦闘強化服を装着して青龍剣を持って現れる。赤い戦闘強化服にはラー王家の紋章である金色の六芒星が描かれている。タケミナカタが嵌滅留の笛のスイッチを入れようとしている毒男に言う。
タケミナカタ「それをここで使うのか」
賞金稼ぎたちを使ってタケミナカタを殺そうとしている選民官僚たちは、賞金稼ぎたちが金だけを受け取ってそのまま逃げることを最も心配していた。その為、闘技場の中に、勝者への懸賞金としてタケミナカタに懸けられた賞金首の金額が、北側の壁に金貨の山となって積まれている。その山を横目で見ながら毒男が答える。
毒男「当たり前だ」
タケミナカタ「そっちの観客はお前の応援だぞ」
毒男「ウサばらしに人の殺し合いを見に来てるんだ。自業自得さ」
毒男がスイッチを入れ強烈な毒気が闘技場全体に充満する。西側の観客席ではたちまち頭痛で倒れる人や、ささいな事からケンカを始める人がでる。そしてそれがさらに他の観客の毒気を増幅させ、あっという間に観客席は大混乱になる。
これは満員電車の中でささいな事からケンカが始まる状況と原理は全く同じだった。毒気は表面意識では理解できないとしても、頭痛を引き起こす神経ガスと同じ作用で肉体に影響を与える。しかも神経ガスと同じように本人と周囲の全てに影響を与える。これを毒男は強力な波動として発生させていた。タケミナカタはこの毒気から自分を守るために神文《マントラ》を唱える。

「神言《チャンディー》、神呪《バール》、神語《ハリティー》」

タケミナカタの構えが、襲いかかる強い毒気にもかかわらず崩れないので、毒男はさらに奥の手として歪んだ口から真っ赤な舌を出して毒舌による音波攻撃を始めた。

毒男「死ね！　クズ！」

普通は例え言葉が歪んだ波動を持っていても物質を破壊することはない。しかし毒男の毒舌は、破壊する力を持っていた。毒男の音波攻撃をタケミナカタが避けたので、背後の壁にひびが入る。毒男はタケミナカタに次々と毒舌による音波攻撃をする。

毒男「死ね。人でなし。死ね。クズ！」

毒男は音波攻撃に集中して周囲が少しづつ闇に包まれつていることに気づかない。毒男が膝まで闇に飲まれたときには、毒男はタケミナカタの姿も見失っていた。次に顔まで闇に覆われたとき鈍い破裂音が闇の中でした。そして闇が消えた時、歪んだ戦闘強化服姿で圧死した毒男の姿が現れる。やっと毒気がおさまり西側の観客席も落ち着きを取り戻す。コウキョウは何が起きたのか分からずに質問する。

コウキョウ「いったい何が起きたんだ？」

アシュラ「波動を物質化する水結晶界《リアル》の中で、歪んだ波動に押しつぶされたの」

エフ「つまり、毒男の歪んだ波動はラー王家の必殺技である水結晶界によって毒男自身を歪《ゆが》ませたんだ」

いかに三重の装甲でも波動の歪みは防げなかった。

コウキョウはやっと理解して言う。

コウキョウ「歪んだ言葉には気をつけろということか」

エフもアシュラも肯く。闘技場には懸賞金を運ぶために白狼族が入り、すでにタケミナカタは外へ向かっていた。

その日の夜、乾季の河原はすでに柵で囲まれ吉象の配下と、配下が集めた人々が昼夜を問わず突貫工事を始めていた。そして何ヶ所かに焚き火が焚かれ、その一つにタケミナカタが座っていた。その前に戦闘強化服を装着したアシュラが座った。

アシュラ「あの母娘はなんなの？」

アシュラはヘロディアからは憎しみの念を感じ、サロメからはタケミナカタを守ろうとする念を感じていた。実の母と娘であるのに全く違った念を発していることがアシュラには理解できなかった。
タケミナカタ「あの人は情熱の女《ひと》なんだと思う」
アシュラ「王妃の事？」
タケミナカタが肯き説明する。
タケミナカタ「王妃は父上にひとめ惚れして、ずっと母上が父上から離れるのを待っていた。そしてやっと一緒になれたのに、一緒にいれたのは欠けた月が満ちるまでしかなかった」
アシュラ「そしてミノタウルス王は、あんたと戦うのね。でも、ちゃんとお父さんの最期は説明したんでしょ」
タケミナカタ「ああ、父上は息子の為に自決したとね」
ミノタウルスは心臓に自爆装置を埋め込まれていた上、その装置は心臓が停止したら軍事衛星からの超原光線《メタトロン》によってミノタウルスとミノタウルスを倒した敵を消滅させる装置だった。つまり、ミノタウルスは連邦政府に逆らえば命はないだけでなく、敗死しても消滅する状況だった。その状況下で実の息子であるタケミナカタを殺せなかった以上、彼を逃がすしか父としてできる事はなかった。そして自決によって、軍事用星からの起原光線の攻撃で親子そろって消滅したと連邦軍に誤解させ、タケミナカタがこの神々の祭典へ参加するための時間をかせぐ。そう考えたミノタウルスは自決を選らんだ。

アシュラ「あんたが殺さなくても、お父さんは息子を助けたと思われて自爆させられるのか」

タケミナカタ「あの人が納得したくないのは当たり前だ。ただ妹は信じてくれた」

アシュラは特別貴賓室の母娘から感じる念が全く違っていた理由がやっと分かった。

アシュラ「でもきっといつかは、分かってくれるよ」

タケミナカタの表情が少し明るくなった。

タケミナカタ「アシュラは優しいな」

アシュラが少し恥ずかしそうな顔をする。最近、アシュラは最強の女神、鬼子母神《カーリー》とさえ言われ、誰も優しいと言ってくれる者はいない。

アシュラ「みんな、あたいのことを鬼子母神だとか言って怖がるんだよ」

少し不満な表情のアシュラにタケミナカタが言う。

タケミナカタ「女性もそうだけど、女神にも三態あるじゃないか。怒ったときの鬼子母神、普段の七倶胝神《ドルガー》、優しさと癒しの準提神《チャンディー》の三態が。みんなはアシュラの戦っている時しか見てないんだよ」

アシュラが少しはにかみながら応える。

アシュラ「ありがとう」

そこへ周囲を警備していた白狼族の守天がやって来て賞金稼ぎたちの接近を知らせる。タケミナカタは立ち上がり死闘へと向かっていく。アシュラはそのタケミナカタの姿を見ていた。夜はまだこれからだった。

出会い（二）

勝ち抜き戦の二日目はタケミナカタと腐配族《マスコミ》の刺客、人造人間の集団である呆同《ホウドウ》だった。他の勝ち抜き戦は全て不戦勝で、タケミナカタと対戦予定の刺客たちが勝ち進んでいた。一方、不戦敗した者たちは、元々闘技場外でタケミナカタを暗殺しようと目論んでいた賞金稼ぎたちだった。彼らは翌日の朝日が昇る前までにタケミナカタと戦い、倒されていた。この勝ち抜き戦に人数制限はないので、一対多でもルール違反にはならない。そして呆同のチームは百七の人造人間を闘技場の壁に添って配置し、普通のタイプの二倍もある大型の大呆同が中央に進み、タケミナカタを待っていた。呆同たちの姿は首から上だけが人型の顔で首から下は箱型の胴体の前に音響兵器として使用する太鼓とそれを打つ両手、そして両肩には目晦《めくら》まし用フラッシュがついていた。ただ腐配族の刺客にふさわしく、人型の頭部の後ろに前の口とは別の口があった。つまり、彼らは全て、二枚の舌を持っていた。

闘技場の観客席はアシュラたち三人以外は西側も東側も腐配族の支援者で埋まっていた。腐配族の支援者たちもまた、全員が同じ型の人造人間だった。アシュラがエフとコウキョウを連れて外へ出る。

アシュラ「あいつらの霊光《オーラ》は黒っぽいギザギザだよ」

人造人間といっても、脳と心臓だけは人であるため、彼らにも霊光があった。ただ、霊光が暗い場合、心に問題があることが多い、その上ギザギザがある場合は心の傷《トラウマ》がある証拠だった。

コウキョウ「おれたちだけでも応援したほうがいいんじゃないのか？」

コウキョウの質問にエフが言う。

エフ「おれたちがいなけりゃ全てが敵だ。必殺技が使える」

コウキョウ「おい、観客席の連中までまとめて叩き潰すつもりなのか」
エフ「数に頼って叩こうとする腐配族なんてまとめて消えた方が世の為、人の為さ」
エフの過激な発言に反発してコウキョウが言う。
コウキョウ「確かに今のテレビを中心とした巨大放送は視聴率至上主義かもしれない。だけどまとめて消えた方がいいというのは言い過ぎだ」
エフ「少しも言い過ぎだとは思わないぜ。本当に国民全体で考えなきゃいけない問題を伝える……ということをしていないじゃないか」
コウキョウ「いや、伝えるべき問題はわずかでも伝えているよ」
エフ「いまの巨大放送は国民全体が考えなきゃいけない問題以外をまるで目晦《めくら》ましのように垂れ流して、破滅と地獄へ国民をミスリードしている」
コウキョウ「じゃあ、例えば何を説明していないんだ？」
エフがひと呼吸おいてから話を始める。
エフ「天州国の財政は破綻するのになぜ、その構造とその予想される結果を説明しないいんだ？」
コウキョウ「そんな事はしてるじゃないか。国民一人当たりの借金の額だってとんでもない金額だと何度も説明してるだろう。なにが不足なんだ？」
エフ「選民官僚の天下り先の金庫となっている天下財政投融資の問題報道も不十分だが、もし国家が破綻した時、結果がどうなるのか国民に知らせているか？」
コウキョウ「それは、あくまで予想の話だし、その上、衝撃が大きすぎるよ」
エフ「タイタニック号はだれも沈まないと思っていたから救命ボートは少なかったし、沈む直前までパーティーをやってた。それは知ってるよな」
コウキョウ「ああ、有名な話だ」
コウキョウ「予想される財政破綻とその結果に対して、ちゃんとした説明がなけりゃ、なんにもならないだろう」
コウキョウ「確かに財政破綻問題は重要で、その上、このままなら起きる確率は百パーセントだと思うよ。だけど専門家の間ですら意見が分かれる未来予測は難し過ぎるんだよ」
エフ「だから専門家並みの評価ができないような今の巨大放送の存在なんて全廃、再構築したほうがいいと言ってるんだ」
コウキョウ「そこまで言うなら、財政破綻で報道すべき内容はなんだ？」
エフ「少なくとも予想される未来の二つは説明するべきだ。一つは太陽系通貨基金による緊縮型再建の場合で、この案だと消費税の二〇％への増額と年金の三〇％減額、そして公務員の人数、給与の三十％削減なんかがある」
コウキョウ「だから、それじゃショックが大き過ぎるんだ」
エフ「もう一つは国債の大量発行によるパイパーインフレの場合だ」
コウキョウ「おれはまだその方がましだと思ってる」
エフはあきれた顔で言う。
エフ「だから素人は困るんだ。この場合、例えば天州国でお金の価値が百分の一になった場合、国民一人当たり六百万の借金が実質六万エン・ドルにはなる。しかし、同時に年金の積み立て額の価値も預金の価値も百分の一になる」
コウキョウ「おれには、国民の多くの預金額はそれほどないから、損する人はいても全体ではハイパーインフレの方がましに思っている」
エフ「確かに借金は百分の一になるがその借金で作った橋も道路も建物も実物は残る。そしてかつて天州国の選民官僚はそれを売り、自分たちの資金として分けてしまった。つまり、ハイパーインフレなら国民から金を強制的に奪うことができる。このままだとその可能性が高いと思っている」

コウキョウ「そんな内容まで説明しなければだめなのか？」
アシュラ「もし国民に本当に説明する気があるならね」
エフ「どうせ腐配族のトップもグルになって分け前をもらうつもりなんだろ」
アシュラが話しを止めるように言いマスクを着ける。闘技場の中から一斉に歓声が上がっていた。闘技場では東の出入口からタケミナカタが現れ中央へと進み、一番大きな大呆同と対峙する。周囲は観客席まで含めて全て呆同で埋まっている。タケミナカタの前にいる大呆同が大声で喚《わめ》く。
大呆同「正義に敵対する愚か者、三次元虚像と音の洪水で三途の川まで流してやろう」
タケミナカタ「お前たちより昨日の笛吹き男の方がましだな」
大呆同「なんだと。何を根拠に暴言を吐く」
大呆同の怒りが闘技場全体に響く。
タケミナカタ「少なくともやつは自分が正義だとは言わなかった」
大呆同「われわれには世論がついている」
その他の呆同も一緒になって同じ言葉を言いはやす。
タケミナカタ「世論調査で分かるのは世論操作の結果だけだ」

大呆同とその他の呆同が大声で一斉に叫ぶ。
大呆同とその他の呆同「われわれの敵は民主主義の敵！」
タケミナカタ「本当の敵は民主主義を隠れ蓑に使う者」
この一言で大呆同と呆同たちが一斉にフラッシュをたき太鼓を鳴らしてタケミナカタの視覚と聴覚を麻痺させようとする。対してタケミナカタは青龍剣で闘技場全体に雷帝《インドラ》を発した。闘技場全体に雷が無数に落ちる。すべての人造人間が壊れ、それらを残して闘技場から出てきたタケミナカタにアシュラがかけよる。
アシュラ「よくあれだけの光と音で狂わなかったわね」
タケミナカタが、ちょっと待ってくれという意味を手で示す。
タケミナカタ「もう一度、言ってくれ。さっきまで聴覚装置は切っていたんだ」
アシュラ「じゃあ、さっきは」
タケミナカタは闘技場の中央に立ったときに視覚機能と聴覚機能のスイッチを切り、大呆同が発する声の振動に対して言葉を発していたことを説明する。アシュラが呆れて聞く。
アシュラ「もし、剣で攻撃してきたらどうするつもりだったの」
タケミナカタ「やつらは抵抗できない者を集団で襲う事はするが、まだ剣を持って立っている者は襲わないよ」
アシュラ「本当にもう……、危ないんだから」
アシュラが少しむくれているのにかまわずタケミナカタは歩き出す。
その日の夜、焚き火の前にいるタケミナカタの横へアシュラがやってくる。一瞬、アシュラを見たタケミナカタは再び視線を焚き火に戻す。しばらくしてアシュラが思い切って質問する。
アシュラ「ねえ、好きな人はいるの？」
タケミナカタはアシュラを見、再び焚き火に視線を戻して答える。
タケミナカタ「小さな頃にはいた。今はいない」
アシュラ「どんな女の人なの？　小さな頃に好きだった人って」
タケミナカタは低く答える。
タケミナカタ「母上だった」
タケミナカタが実の母親から実の父親を倒すように言われた事をアシュラは思い出す。あわてて話を母親から変えようとする。
アシュラ「いまなら、どんな女性がいいの？」

タケミナカタがアシュラを向いて言う。
タケミナカタ「平穏な家庭も未来も何も約束できない。どうして女性を好きになれるんだ」
アシュラ「それでもいいという女がいたら？」
アシュラとタケミナカタがお互いの目を見る。
タケミナカタ「死神と呼ばれる男が約束できるのは愛する事だけだ」
アシュラが言う。
アシュラ「あんたの仇名も死神なの？」
タケミナカタ「ああ、そうだ」
アシュラは自分の恋を胸にしまうことが苦しくなって言う。
アシュラ「なら、どちらも、死神と呼ばれる二人はお似合いじゃない」
タケミナカタが目をそらして言う。
タケミナカタ「命がいくつあっても足りない。やめた方がいい」
タケミナカタは立ち上がり、去っていく。タケミナカタが言った言葉は、いつもはアシュラが言い寄ってくる男に使っている言葉だった。少しむっとした表情でアシュラが言う。
アシュラ「絶対、〝死者の舞踏〟でギャフンと言わせてやる」

アシュラの初恋の相手はかなり手強い。

出会い（四）

神々の祭典と呼ばれる勝ち抜き戦も今日で三日目だった。タケミナカタの今日の対戦相手は情念体《メンタル・エントロピー》の怪物を使う腐神族《セラピー》の凶団患部《キョウダンカンブ》だった。凶団患部とは、それなりの霊能者を見つけて、衣食住とかなりの金額を提示して宗教団体の設立をおこなう宗教ブローカーの仇名である。彼ら宗教ブローカーは霊能者を教祖にして彼ら自身は宗教団体の幹部におさまる。彼らは宗教団体がある程度大きくなったところで高額な骨壺や、高額な寄付を集める。この段階で教団は凶団に墜ち、宗教ブローカーは教団の幹部でありながら患部となりはてる。

だから宗教をビジネスツールとして悪用する彼らの仇名は凶団患部となっている。

観客席も決して安全ではないことが知られているせいで観客はいない。広い観客席にいるのは特別貴賓室のヘロディア母娘と戦闘強化服を装着しているアシュラだけだった。そこへエフに支えられながらコウキョウが入ってきた。どうやら片足に怪我をしているようだった。

コウキョウが言う。

コウキョウ「狂信者にやられたよ。まったく、『信じる者は救われる』なんてどうして信じるのか分からないよ」
闘技場は観客席まで危険なため、凶団患部が動員した信者たちは闘技場の外で凶団患部の勝利を祈っていた。コウキョウはタケミナカタを応援するために東側に入ろうとして狂信者にやられた。
アシュラ「何も分かってないのね。救われたいから信じてるのよ」
エフ「結局、信者は、信じる者は救われるという言葉で自分を安心させるしかないんだよ」
コウキョウが少し声を大きくして言う。
コウキョウ「だから金を巻き上げられたり、人生を間違えたりするんだ。なぜ、あの連中は、宗教が麻薬だっていうことに気がつかないんだ」
アシュラ「あんたって本当に何も分かってないんだね」
アシュラがそれ以上話さないのでエフが説明する。
エフ「先進国で何かの宗教を信じてる人のほとんどは、世の中を変えようとか、真理を知るために信者になってる訳じゃない。例えば天州国の人で宗教を信じている人のほとんどは、自分や家族の人間関係、健康、金、不運続きの人生を悩んで救いを求めている人達なんだ」

コウキョウ「だからその答えは宗教じゃなくて、心や人間関係は精神科に行くべきだろうし、その他は福祉や制度を改善する話だろう」
アシュラ「あんたって幸せな人生なんだね」
コウキョウがむっとして聞き返す。
コウキョウ「どういう意味だ、それは？」
アシュラ「人がどうしようもない心の闇を覗《のぞ》いた時、精神科なんて何の役にもたたないよ」
コウキョウ「なぜだめなんだ。説明してくれよ」
アシュラ「しょせん心理学なんて、本人の心が耐えられる範囲までしか対応できないからよ」
コウキョウ「当たり前だろ。そうでなけりゃ洗脳だろう」
エフが話しに割って入る。
エフ「まず、薬による治療とカウンセリングによる治療があるよな」
コウキョウ「ああ、薬による治療はかなり難しいらしく、うつ病の人が薬の影響で暴力を振るってしまうほど性格が変わる場合もあると聞いたことがある」
エフ「薬についてはここでは触れない。ここではカウンセリングの話に絞る」

コウキョウ「ああ、分かった」
エフ「人の心を肉体に例えれば分かりやすいと思うんだ。ただの風邪なら、人は自分の体力で治すことができる。でも大きな肺がんは手術するはずだしその時、麻酔は使うよな」
コウキョウ「当然だ。麻酔がなけりゃ痛くて手術なんてできるはずがない」
エフ「それと同じなのさ。普通の軽い心の傷や劣等感なら割と簡単に治せるよ。でも、心の底にある闇を自分で手術するには、宗教という麻酔をかけなきゃやってられないのさ」
コウキョウ「肉体の病気に病院があるように、心の病に宗教があるとでも言うのか？」
エフ「ああそうだ。本来は心の病の病院が宗教の役割だ。しかし宗教界には、医学のように試験がないから、ヤブ医者と偽医者の方が多い」
コウキョウ「少なくとも心については、心理学を基にした精神科に人は頼るべきだろう。今はまだまだかもしれないけど宗教なんかよりよっぽどましだ」
アシュラ「救いがたい楽観主義者ね」
エフ「今、あんたは愛や憎しみが理屈でなんとかなると言ってるのが分かってるのか？」
洗脳でないかぎり、心理学を基に治療する精神科の行為は、本人に説明することであり、それは理屈でしかない。その現実をエフは簡単に表現していた。

コウキョウ「確かに愛や憎しみの感情を解決するのは難しいし、時間もかかるよ。でも可能だと思っているから言ってるんだ」
エフ「それは無理なんだよ。心理学で説明するとこういうことだ。人は表面意識で見るものを選択していない。その下にある千罪意識、神想意識で〝見ようと思ったもの〟を見てるんだ」
在家法では、心理学で使う潜在意識には、千罪意識、深層意識には神想意識という特別な言葉を使う。
つまり潜在意識にある諸々の心の傷《トラウマ》や、劣等感《コンプレックス》などの感情的な問題こそ人の罪を作り出す最大の原因だと考えるので千罪意識。
深層意識は人が異次元（あの世）へ至る鍵と考えられるので神想意識という言葉で表現している。
コウキョウ「もう少し簡単に言ってくれ」
エフ「つまり、人は自分に都合のいいものを選んで納得しているんだ。そんな表面意識でしか分からない理屈でどうやって愛や憎しみの千罪意識や、神想意識を説得できるんだ」
もはやここまでくると借り物の言葉でしか理解していないコウキョウには反論できない。

コウキョウ「少し考えてみるよ」
エフ「まあ、だからって宗教が今のままでいいとは思ってない」
コウキョウ「つまり、宗教のあり方を根本から変える在家法が必要だってことか」
エフ「ただ、おれたちだって文化財を保護するための観光や死者を埋葬するサービス業が不要と言ってる訳じゃない。ただ、宗教も所詮はサービス業なんだから、普通の事業と同じように収支をはっきりさせて公平に税金を負担すべきだと言っているだけさ」
アシュラ「もちろん福祉事業は別に考えるべきよ」
アシュラが補足する。
コウキョウ「そんな事を言ってるから、金儲けを目的とする連中から刺客が送り込まれる上、おれまで殺されそうになるんだ」
アシュラ「でもやつらの仲間と思われなかったのは名誉なことでしょ」
コウキョウは痛みをこらえて苦笑する。そして今まさに闘技場ではタケミナカタと腐神族の凶団患部が戦闘を始めようとしていた。凶団患部は無数の手をもつ金メッキされた巨大な戦闘ロボットの中にいる。それぞれの手には幻影を映し出す目が付いている。
凶団患部「神をも恐れぬ愚か者、今日こそは貴様に天罰を下してやろう」

タケミナカタ「幻影と嘘を使う心霊操作者などに倒されるほど愚か者ではない」
凶団患部「そんなに騙されるバカが心配なら、心配する必要のないあの世へ送ってやる」
無数の手から三次元映像によって神仏に見える幻影が闘技場を埋めるほど出現する。それは半端な霊能者が見れば輝く神、仏に間違えるほどよくできていた。普通はこれで霊能者を洗脳して操り、教祖にして金儲け用の教団をつくる。しかし、今はタケミナカタを殺すために神、仏の幻影にまぎれて化狸族《バケダヌキ》の手下が隠れていた。
タケミナカタ「死蝶の舞！」
無数の光が蝶の如くきらめき、幻影を斬る。幻影が消滅し、幻影に隠れていた剣をもった多数の化狸族が倒れる。
凶団患部「やはり貴様には武器が似合いだ」
無数の手にさまざまな武器が出現する。
タケミナカタ「雷帝《インドラ》！」
大きな雷が直撃する。しかし凶団患部は避雷針によって電流をそらせしまう。
凶団患部「同じ手でやられるかよ」
タケミナカタが雷帝の必殺技を使うことはすでに知られており、その対策がとられていた。

さまざまな武器がタケミナカタを攻撃する。その攻撃を避けつつタケミナカタが次の必殺技を繰り出す。

タケミナカタ「氷結《シリウス》！」

タケミナカタが地面を凍らせる。次の瞬間、その氷結した地面に青龍剣を突き刺し、もう一度雷帝を発する。今度は地面から電流が流れ凶団患部が壊れ、爆発する。

タケミナカタ「狸は狸らしく森で跳ねていればいい」

そう言うと後は守天たちに任せてタケミナカタは東の出入口へと向かう。

その日の夜も焚き火に当たっているタケミナカタの横にアシュラがやって来る。

アシュラ「ねえ、なぜ狸は森で跳ねてればいいの？」

今日の戦いでタケミナカタが言った言葉への質問だった。

タケミナカタ「あれは、じいが昔話してくれた事を思い出したんだ」

タケミナカタはイアフメスが昔、まだ狸がたくさんいた頃に聞いた話を説明した。それは月夜の晩に狸が集まり、木に前足をかけて飛び跳ね、後足が木の根に当たって音がポンポコするという話だった。

アシュラ「本当なの？」

タケミナカタ「さあ、なにしろイアフメスも聞いた話だから」
アシュラ「ねえ、小さい頃は何になりたかった？」
タケミナカタ「戦士以外、考えたことがない。アシュラは？」
アシュラ「あたいは幼稚園の先生になりたかったんだ」
かつて姉のように慕っていた少花の夢がいつしかアシュラの夢になっていた。タケミナカタにせがむようにアシュラが言う。
アシュラ「ねえ、戦士以外でなりたいものはないの？」
タケミナカタは物心ついた時にはすでに魑魅魍魎《ちみもうりょう》の徘徊《はいかい》する虚界《ヴォイド》の森にいた。タケミナカタは虚界の森で生き残るためにはまず戦士である必要があり、その森から出るためにも戦士である必要があった。そして今もタケミナカタは生き残るために戦っている戦士だった。再び、考え込むタケミナカタをアシュラは待つ。しばらくしてタケミナカタが答える。
タケミナカタ「もしみんなが共存できる太陽系になったら、小学校の先生になって、落ちこぼれで困っている子供を教えたい」
アシュラ「何でなの？」
そこでタケミナカタは、虚界の森で、イアフメスから戦闘の訓練だけでなく、学問もまた教えてもらっていたことを説明する。そしてある時、イアフメスが実は教員志望だったことを聞く。なぜ教師になりたかったのかと聞いたタケミナカタにイアフメスは次のように答えた。

〝いまの教師は、分からないで途方に暮れている子供の気持ちが分からない〟

〝なぜ、教師は子供の気持ちが分からないのか〟というタケミナカタの質問にイアフメスは次のように答えた。

〝いまの教師たちは、勉強がそれなりにできた子供がそのまま大人になったから〟

つまりイアフメスは、そもそも途方に暮れるような子供は教師にならない。ならば途方にくれる子供の気持ちが分かるはずがないと説明した。さらにタケミナカタはイアフメスならどうやって分からない子供を分かるように教えるのかと質問した。その質問にイアフメスは次のように答えた。

〝最初から、つまり簡単なところから分からない子はほとんどいない。どこかでつまずいて、その後どんどん分からなくなっていって、どうしようもなくなるのです。だから、もう一度、分かるところまで戻って、そこから順々にやり直していけば、分からない子供たちにとって学校が収容所ではなくなるのです〟

その答えにアシュラが感心して言う。

アシュラ「あのおじさん、本当は教師になりたかったんだ」
タケミナカタ「その話を聞いた時、私の為に教師になれなくてごめんねと言ったんだ」
アシュラ「イアフメスはなんて言ったの？」
タケミナカタ「『じいは、若《わか》をただの人殺しにしない為に若の教師をやってます』と言ったよ」
アシュラがまた少しタケミナカタのことが分かったような気がして言う。
アシュラ「あたいが幼稚園の先生であんたが小学校の先生になれたらいいね」
タケミナカタが微笑む。
タケミナカタ「ありがとう」
タケミナカタはそう言うと立ち上がり去っていく。青輝星が空で最も高い位置につくまであと四日だった。

出会い（五）

神々の祭典の勝ち抜き戦も四日目になると更に危険な対戦相手となり、闘技場の外にすら人はいない。今日のタケミナカタの対戦相手は暗黒行者《コールド・マナス》の導師《グル》である大誤《ダイゴ》だった。大誤は暗黒行で心を真っ暗にする行を常にしている暗黒行者の一人だった。この暗黒行者のほとんどは四十代になる前に肉体的なバランスを崩して早死していた。彼らはいわば心を凍傷にして何も感じなくなった状態を〝解脱〟と誤解して自分と周囲にいる多くの人々の肉体と人生を破壊していた。彼らの周囲には生命力を削る凍気がみなぎり、誰も近づこうとしなかった。特別貴賓室さえすでに地下へ避難して、中継による観戦を予定していた。すでにタケミナカタが勝利する場面を放送したくない選民官僚からの圧力でテレビ中継もない。広い観客席にはアシュラとエフしかいなかった。そこへコウキョウが足をひきずりながらやってくる。傷はよくなっているようだが、自由に動けるわけではない。そのかわり、コウキョウは昨日、吉象からいろいろ話を聞いていた。

コウキョウ「あれから吉象さんに在家法のあらましを聞いたよ」

コウキョウは在家法について話し始める。

コウキョウ「まず仏教は、小乗仏教と大乗教の二つに分けられる。このうち小乗仏教は解脱して覚者になることを目標としている。その為の条件として出家し、肉食妻帯を禁じる戒律等を守る必要がある。単純に言えば出家者のための仏教が小乗仏教だ」

アシュラとエフが肯くのを確かめてコウキョウが続ける。
コウキョウ「ところが釈尊の入滅（死）後、弟子たちは解脱できなくなった。その理由が彼らには分からなかった。そしてその理由を説明し、解脱に至るための前提を示したのが大乗教だった」
エフ「まあ、吉象の話は在家法の観点なんだけど間違ってはいない」
エフが間違っていないという根拠は、釈尊直説の経典である阿含経《アーガマ》を基本にしていた小乗仏教が天竺国において大乗教にとって代わられたのは、解脱できなかったからと考えるのが最も自然だからである。
コウキョウ「釈尊入滅後、なぜ弟子たちは解脱できなくなったのか、その理由は弟子のレベルが釈尊とあまりに違っていたからだった」
ここで一息ついてコウキョウが説明を続ける。
コウキョウ「分かり易く言えば、釈尊が大学生レベルで哲学を説明していたとすると、弟子たちのレベルは小学生並みでしかなかった」
エフ「大学生のレベルを大乗教では輪王という」
エフが専門用語を使うのでコウキョウが自分流に言い直す。

コウキョウ「正確に言えば、転輪聖王《てんりんじょうおう》、つまり輪廻転生を制御した者になるという存在。いわば、もろもろの煩悩を卒業し、劣等感や心の傷を乗り越えた存在。これが出家する前の釈尊の状態。つまり、分かり易く言うとどうなるんだ？」

エフ「あえて単純に言えば、出家する前の釈尊の状態は天州国での現代的な表現ではこうなる。東京帝国主義大学の首席で太陽系運動競技の金メダリストで、超大金持ちの御曹司であり、もてもてのスターという存在。人としてはこれ以上ないという状態」

コウキョウ「だから釈尊は煩悩を卒業できた。その同じ理由で弟子たちは解脱できなかった。八正道だ、瞑想《ヨガ》だと言ったところで人として未完成ならばそもそも出家は無理」

ここでコウキョウが少し間を置く。

エフ「けっこう勉強してきたな」

少しふざけてエフが言う。

コウキョウ「そこで、まず人として完成した状態、つまり輪王になるという目標とその方法を説く大乗教が出てくる。大乗教は大きく初期大乗《マントラ》、中期大乗《マンダラ》、後期大乗《タントラ》の三つに分けられる。これらの全ての前提は在家法であること」

ここでいったん、話を区切ってコウキョウがエフに質問する。

コウキョウ「ところで、なぜ在家法でなけりゃだめなのかが分からないんだけど……」
エフが仕方なく説明する。
エフ「なぜ在家法でなけりゃだめなのか。それは出家法の方法と在り方にある。つまり、釈尊のように、もう全部やったし、思い残しようがなければ、瞑想で煩悩を卒業できる。しかし、諸々の満たされていない煩悩を、戒律だからといって無理やり禁止したら、心が歪むか、かえっておかしくなるだろう」
コウキョウ「じゃ、あきらめずに満たせばいいだろう。つまり、煩悩即菩提っていう言葉があるじゃないか」
エフ「乞食坊主が、食いたい物を食い、着たい者を着、したい事をしたらこの世は地獄になる。つまり、出家者は非生産者なんだからそんなことをしようとすれば、信者から金を毟《むし》り取るしかなくなる」
アシュラ「煩悩が菩提への手がかりになりうるのは、自分で稼いだ金で、適切に欲望を解消する場合だけだよ。人から巻き上げた金じゃ業《カルマ》を積むだけ」
エフ「お布施と称して新たに巨大な建物や仏像を作る坊さんや尼さんにはその資格も必然性もない。ただ、昨日も言ったことだが、観光サービス業や、死者埋葬サービス業、それに福祉事業はそれ自体はいいんだ。ただ解脱には関係ない」
コウキョウ「じゃあ、煩悩が卒業できないかぎり在家法しかないじゃないか」
エフ「その通りだよ。だから維摩教は在家が説明してるのさ。もし、出家者が戒律を守らなかったらどうしようもない」
アシュラ「戒律を守らなかった坊さんと尼さんの後期大乗《タントラ》は、乱交パーティーをやってる最中に消滅したよ」
エフ「実際、天竺国では仏教は一時、消える。しかし、〝在家〟で愛し合う二人が性交《タントラ》しても問題はない。結局、戒律は守らせるものじゃない。つまり自らきちんと守れるレベルの人間だけが出家法はやるべきなんだよ」
コウキョウ「まあ、煩悩がまだまだ残っている未完成な人間が、出家と言い訳して家出しても、解脱なんてできるはずがないという事か」
アシュラが大誤を指して言う。
アシュラ「未完成な人間が無理にやった結果があれだよ」
闘技場には出家法の行法である瞑想を使って、自分の心身だけでなく空間までも歪めた暗黒行者の大誤がいた。アシュラもエフもコウキョウも、神文を唱え自分の生命力を強め守ろうとする。闘技場全体は多くの照明で昼間のように明るいはずなのに突然暗くなり、気温が急に冷え始める。暗黒行者である大誤が言う。

大誤「解脱の邪魔をする天魔は貴様か」

タケミナカタ「暗性優位の三昧を解脱と言いふらす魔性よりましだ」

暗性優位の三昧とは、まるで心が凍傷にかかったように動かなくなる危険な状態だった。

大誤が周囲に、光る幻影を作り出す。

大誤「人殺しの犯罪でしかない戦争を繰り返す輪王《ミトラ》の使徒がよくもほざく」

タケミナカタ「戦争と犯罪の区別もつかない廃人の自称、覚者《ブッダ》よりましだ」

幻影はだんだん阿弥陀如来と達磨《ダルマ》大師に化けはじめる。

大誤「ならば問う。戦争と犯罪は何が違う」

タケミナカタ「戦争は宗教、経済、歴史によって操作されて起こされる組織的、計画的なものだ。犯罪は人の弱さがつくるものだ」

大誤「どんな理屈でごまかそうと、所詮、人類は争いが好きな存在であり絶滅すべき存在だ」

タケミナカタ「人類から未来を奪うために来たのか」

大誤「人類に未来は不要」
タケミナカタ「人類の未来は人類のこれからの行動によって決まる。貴様の勝手は許さない」
大誤が操る幻影がタケミナカタの生命力を凍らせようと接近する。タケミナカタは神文を唱えつつ、全身を光で覆い、宇宙の中心と自分の真我を結びつけて青龍剣を一閃させる。幻影が黒い煙となり、凍りついていた空間がひび割れ、大誤が倒れる。そして大誤の凍りついていた心が解け、少年だった頃の思い出が現出する。それはどこか緑豊かな場所に少年がいる風景だった。
タケミナカタ「純粋なだけでは無理だ」
そう言うと、後を守天たちに任せて去っていく。
今日も焚き火に当たっているタケミナカタのところへアシュラがやってくる。
アシュラ「今日の相手はなぜ、あんなに凄い凍気を持っていたの？」
タケミナカタ「やつは青輝星《シリウス》の暗黒面《ダーク・サイド》に接触してしまったんだ」
肉眼では一つに見えている青輝星は、実際には三つの星だった。この青輝星に意識を集中させると、心に深い闇を持つ者は、同じ波長が引き合うように青輝星の暗黒面に引き込まれて心を氷結させてしまう。死義書の中では〝青輝星を見るものは自らの心の波動にふさわしいものを得る〟と表現されている。その言葉をアシュラは思い出して質問する。
アシュラ「自分の心の闇がひきつけたの？」
タケミナカタ「ああ、自らの煩悩の動きを止めようとして無理やりひきつけたんだ」
アシュラ「でも、あいつは解脱したかっただけなんじゃないのかな？」
少し同情しているアシュラが聞く。
タケミナカタ「社会の中で、傷つけたり傷つけられたり、苦悩することから逃げ出すような未完成な者に解脱は無理なんだ」
アシュラ「小学生がいきなり大学受験しても無理ってこと？」
タケミナカタが大きく肯く。
アシュラ「イアフメスみたいな先生が説明してあげればよかったのにね」
タケミナカタ「それも難しい」
アシュラ「自帰依、法帰依ということ？」
タケミナカタ「そうさ。人それぞれの事情があり、人それぞれの心があるからね」
アシュラ「人としての完成を目標にして、その後でないとやっぱり無理か」

タケミナカタ「ああ、じいが言っていたよ。未完成な人間なのに瞑想なんかして廃人になってしまった友人がいたと」
アシュラ「でも、あいつは最期には解けたんだよね」
大誤の最期に現出した風景についてアシュラは感じたことを言った。
タケミナカタ「ああ、やっと輪廻転生に戻ってやり直せるようになったと思う」
二人が見ている夜空には青輝星が輝いていた。

出会い（六）

神々の祭典の五日目、タケミナカタの対戦相手は腐生族《ヒル》の六根偽《ロッコンギ》だった。六根偽は欲に目のくらんだ人々を集めて金と生命力を奪う寄生生命体《オーラ・バンパイア》だった。アシュラとエフが座っている観客席へ足もかなりよくなったコウキョウがやってくる。そして今日の対戦相手である六根偽について話を始める
コウキョウ「なんでいつまでたっても金も生命力も奪われる被害者がいるんだろうか。まさかこれも腐配族《マスコミ》のせいだと言うのか？」

コウキョウは半ば冗談のつもりで言った。
アシュラ「その通りよ」
冗談のつもりだったコウキョウが抗議する。
コウキョウ「おいおい、いくら腐配族だって詐欺に加担なんかしていないぞ」
アシュラが説明しそうにないのでエフが説明をする。
エフ「一般向けの投資の構造はこうだ。まず、最初に少し儲けさせてこれからも儲かると思わせる。この段階では実際、儲ける人もいる。これは撒き餌の段階だ」
コウキョウ「撒き餌って魚を釣る時に、魚をおびき寄せるためのエサまきの事だよな」
エフが肯き、続けて説明する。
エフ「次にみんなが儲かると思って全財産どころか借金までしてつぎ込んだところで、株なら売り抜けるし、いろいろな方法で金を巻き上げるのさ。つまり、一般投資家っていうのは魚と同じなんだよ。最初は撒き餌としてエサを撒いて一般投資家という魚をおびき寄せて網で捕まえるのさ」
コウキョウ「それじゃまるで、一般投資家には儲け話はこないみたいじゃないか」
エフ「ああ、その通りさ。本当に儲かる話なら超大金持ち一人に説明してお金を一兆エン・ドルでも十兆エン・ドルでも出してもらえばいいのさ。なにもわざわざ小金持ち一万人とか十万人から集める手間も時間も必要ないんだよ。本当に確実で儲けられるのになぜそんな手間と時間をかける必要があるんだ」

コウキョウ「おい、それじゃ、儲かるか儲からないか分からない話しか一般投資家にはこないのか」

エフもアシュラも大きく肯く。

エフ「いつも腐配族が一般投資家に大宣伝するときは、大損するか紙クズになるような危険がある時だけなんだよ」

コウキョウ「しかし、一応、チャート分析や市場動向、企業分析なんかも説明しているし、ちゃんと一般投資家にも自分で判断できるように情報は流しているだろう」

エフ「株だろうと石油だろうとほんの一握りの超大金持ち、今なら最低、一兆エンドル以上の連中が金を動かせば、暴騰だろうと暴落だろうとなんだってできるんだ。そんな時にそんな理屈、なんの役にたつんだい」

コウキョウは少し考えてから言う。

コウキョウ「確かに超大金持ちがいる以上、まるで片棒を担がされているみたいだな」

エフ「結局、巨大放送は宣伝広告のお金で食べてるんだから、極悪人だろと詐欺師だろうと金さえもらえれば宣伝するしかないだろう」
アシュラ「まあ、欲に目がくらんだ一般投資家も甘いけど……ね」
コウキョウはもはや反論しなかった。アシュラとエフがマスクをつけるのを見て、あわてて自分もマスクをつけ神文を唱える。六根偽は二メートルを超える全身を全て金メッキで光らせた戦闘強化服を装着して現われる。六根偽の戦闘強化服の胸にはダイヤと金貨が山となった図が描かれている。
タケミナカタ「趣味が悪いな」
六根偽「欲に目がくらんだ連中には結構人気があるんでね」
タケミナカタ「貴様らに明日はない」
六根偽「そう言うと思った」
六根偽はまず、最初に人の六つの認識機能である視覚、聴覚、臭覚、味覚、触覚の五つの感覚とそこから生じる認識機能に対して幻覚をつくり出す。相手が幻覚で混乱している間に縞のある黒い触手でその生命力を奪いつくし、抵抗力さえなくなったところで止めをさすのが六根偽の戦法だった。

六根偽はいつものように最初はタケミナカタの周囲に幻覚を作り出す。タケミナカタの周囲に金粉が舞う世界が現れ、ほんの少しの先も見えないほどになる。更にタケミナカタの足元の地面もまた砂金でひざまで埋まり、さらに砂金が増えていく。金貨の音があたりを覆い、その他の音がほとんど聞こえなくなる。タケミナカタは自分の真我に意識を集中し神文を唱える。

タケミナカタ「神言《チャンディー》、神呪《バール》、神語《ハリティー》！」

周囲の幻覚が消滅し、後に残った縞のある触手を念刀、つまり心でつくった光りの刀で斬る。

タケミナカタ「死蝶の舞！」

六根偽が無数の光りに覆われ、戦闘強化服が破れて中からミイラの如き獏族《バク》の戦士が全身に腐生虫《ヒル》をつけて現れる。戦士の目は虚ろで光りはなく、もはや意識が腐生虫に占領されていた。

タケミナカタ「雷帝！」

雷が六根偽と腐生虫を焼く。

タケミナカタ「いくら夢が見たいからといって、腐生虫《ヒル》、いや腐生虫《ヒル》たち《ズ》をとりつかせるとは」

腐生虫たちは、とりついた相手に大麻のように幻覚をみせ、その生命力を奪う寄生生命体だった。そして腐生虫たちに取り付かれた者は自分の生命力を失うだけでなく、周囲にいる人の生命力まで奪うことになるのだった。

その日の夜も焚き火に当たっているタケミナカタの横にアシュラが来た。

アシュラ「前にイアフメスが教師になりたかったって言ってたけど、どうしてなりたかったの?」

タケミナカタが笑いつつ話す。

タケミナカタ「じいは外国語が全然できなくてそれで戦士になったんだけど、やっぱり士官になるには外国語ができないといけなくて、それでいろいろやってみて分かるところからはじめる勉強の仕方を見つけたと言ってたよ」

アシュラ「へえ、そうなんだ」

タケミナカタ「だから、じいは自分のように途方に暮れてる生徒に教えることができたらと思ったらしい」

アシュラ「それにしても、どのくらいできなかったの?」

タケミナカタ「これは絶対秘密だよ」
アシュラ「うん。分かった。死義書より秘密にするよ」
タケミナカタ「百名以上の中でビリから九番目、しかも百点満点中、九点だったそうだ」
アシュラ「よくそこから頑張ったね」
タケミナカタ「じいは分からない授業を受けるのは毒気《ストレス》を作るだけだって」
アシュラ「そんな毒気をためた生徒を相手にするんじゃ先生も大変だね」
タケミナカタ「イアフメスは『途方に暮れてどうしたらいいか分からない生徒の気持ちを先生たちは分からない』と言ってた」
アシュラ「でも無理なんでしょ。学校の先生になるのは、もともとできのいい生徒なんだから」
タケミナカタ「だから、じいはそういう生徒を教える先生になりたかったのさ」
アシュラ「分からない生徒はそうやって伸ばすとして、できのいい子はどうやって伸ばすつもりなの？」
タケミナカタ「大金持ちをさらに大金持ちにする必要はないそうだ」
つまり、できのいい子は社会で言えばすでに大金持ちであり、なにも教師がさらに伸ばして、大金持ちにしてやる必要はないという意味だった。
アシュラ「でもそれは不公平じゃない」
どちらかと言えばできのいい子のアシュラが不満を言う。
タケミナカタ「社会に必要な基準は公平ではなく衡平《こうへい》だと思う」
アシュラ「どういう意味？」
タケミナカタ「公平というのは一律に同じにする事。衡平というのは努力や才能によってバランスをとること」
アシュラ「でも、なぜ公平じゃいけないの？」
タケミナカタ「努力した人もサボった人も同じお金しかもらえなければほとんどの人は努力しなくなる。でも人には、得意、不得意があるから同じだけ努力したからといって同じ結果になるわけじゃない。この均衡《バランス》をとるのが衡平」
アシュラ「もの凄く難しい」
タケミナカタ「だから知恵が必要なんだ。そして、人は平衡感覚を持つべきなんだ」
アシュラ「イアフメスが教師になれたらいいね」
タケミナカタ「ああ、そうなってくれたらと思ってる」

アシュラがここでクスっと笑う。
タケミナカタ「何がおかしいんだ？」
アシュラ「あのイアフメスがメガネをかけて先生しているのを想像したらおかしくて」
アシュラはイアフメスが銀狼族の長い鼻の上にメガネをかけて黒板を尻尾でパタパタしている姿を想像していたのだ。そのへんをアシュラから説明されたタケミナカタもやはり想像して笑ってしまった。

出会い（七）

神々の祭典と呼ばれる勝ち抜き戦も今日で六日目となっていた。今日と明日、タケミナカタが勝てばラー王家に伝来している地神剣を取り戻せるはずだった。タケミナカタの今日の対戦相手は大蛇《オロチ》族の刺客、毒害龍《ヨハネ・ドラゴン》であり、大蛇族は、祖父アーリマン・ラー二十二世の代から敵対関係にある古代の神族だった。今日は危険すぎるのでアシュラたちも闘技場の外にいた。闘技場の外でコウキョウがアシュラとエフに聞く。
コウキョウ「今日は神文について聞きたいんだがいいかな？」

アシュラとエフが肯く。
コウキョウ「神文の三つの言葉、神言《チャンディー》、神呪《バール》、神語《ハリティー》のうち、観音様《チャンディー》と七面天女《ハリティー》はいいとして、なぜ、神呪《バール》があるんだ？　古代の神族とその信者たちや秘密結社、闇の行者《ダーク・サドウー》も使っているじゃないか」
アシュラ「あんたは出刃包丁で人殺しがあると、出刃包丁は危険だから使うなと言うの？」
コウキョウ「そんな事は言わないよ。そもそも、料理に使う包丁を人殺しに使うやつが悪いに決まってるだろ」
アシュラ「神呪もそうよ」
エフが後を説明する。
エフ「神呪は〝力〟つまり生命力を活性化させる波動なんだ。そして神呪は必ず神語とセットにして使う必要がある。つまり、〝力〟を制御する知恵の波動である神語をセットにして使う必要があるんだ」
コウキョウ「ついでに聞くけど、なぜチャンディーは薬師如来の真言の中にあるのに、天竺国では不可触賎民を意味するんだ？」
エフ「それは話が逆だ。チャンディーを使うから不可触集団にされたんだ。その理由は、神文が全ての人の能力開発をするからなんだ。つまり、遙か昔、天竺国では言葉による能力開発方法を祭祀階級が独占していたんだ」
コウキョウ「近代以前の社会ではよくある支配体制だよな」
エフ「この支配体制にとっては、全ての人に知識を解放する思想集団とは接触しては困るから〝不可触〟とされたんだ」
コウキョウ「それって初期大乗の集団と同じなのか？」
エフ「多分そうだ。だから天竺国には、いまや薬師信仰はほとんど残っていない」
アシュラ「昔も今も宗教を洗脳と支配の道具とするか、全ての人の共有の財産とするかは、社会の根本の在り方を決定する問題なのよ」
コウキョウ「まあ、そう言われると納得できるな」
コウキョウは黙っている。その表情を見てアシュラが言う。
アシュラ「聞きたい事があるなら言えば」
コウキョウ「それじゃあ、それともう一つ。七面天女の悪霊を退治する話はどう考えればいいんだ？　おれは調べてみて思わず腰が引けたよ」
七面天女は別名、鬼子母神《カーリー》とも呼ばれており、悪霊を退治するために現れる姿は、武器を持ち、血を満たした髑髏の杯をもって描かれる。ちなみに七面とは、この女神が現われる時の本体である女神が、七つの神々から武器を渡されたことに由来する。
アシュラ「寄生生命体になり果てた人の心や、獣のレベルまで堕ちた人の心を退治する物語よ」
エフ「それともそういう連中をのさばらせておけばいいのか」
コウキョウ「だれもそんな言ってないよ。でも、そういう連中こそ愛と知恵で導いてやるべきだろう」
アシュラ「宝物に人を近づけさせないためには、怖がらせるのが最も効果があるわ」
支配する側は常に一般人に利用させないようにする為、幽霊や怪物など、恐怖を抱かせる物語をつくる。
エフ「人を支配し洗脳するための宗教の物語をそのまま信じてどうしたいんだ」
アシュラ「七面天女は、人が壊れ、社会が崩壊するのを防ぐために戦う女神の姿なのよ」
コウキョウはやっと納得し、次の質問をする。
コウキョウ「おれは、神文を毎日、千回ずつ、だいたいの時間で唱えてるんだ」
神文の回数については、左右の手の指を使って右で百回、左で次の百回というように数えながら唱える方法と予め千回を唱える時間を計って、時間で唱える方法があった。コウキョウは少し長めの時間で唱えて、自分の心の中を整理しようとしていた。
エフ「それで何か気になることがあるのか？」
コウキョウ「最近、どうも気が頭のほうに上がる感じがするんだ。このままでいいのかな？」
アシュラ「観音様の後光観想をすればいい」
いわゆる霊能者のほとんどは、頭部に気が上がっている。これを解消する方法としては、様々な方法があるが、在家法では自分の頭部と体を中心とした二つの霊光の輪をイメージする観想を標準としている。つまり、光の輪が頭部と体の周囲にできるイメージになる。
これが、まるで正観音の後光のようなイメージになるので後光観想という名称で呼ばれている。
エフがアシュラに言う。
エフ「アシュラだけなら観客席にいても大丈夫だろ」
コウキョウ「そうだな。おれたちはここにいるよ」
コウキョウも相槌を打つ。
アシュラ「じゃ、行って来るね」

アシュラは一人、観客席へと向かう。特別貴賓室にはいつものへロディアとサロメ以外に明日の対戦相手である獅子族の闘増《トーマス》がいた。闘増はアモン家の一族であり、連邦政府の士官学校の教官でもあった。この闘増こそ前回の神々の祭典の優勝者であり、現在の地神剣の所有者だった。

闘技場に大蛇族の毒害龍《ヨハネ・ドラゴン》が人工馬《メカ・ホース》が引く四頭立ての、古代の戦車に似た〝獄車《ゴクシャ》〟に乗って現れる。毒害龍の戦闘強化服は真っ白で両肩と腹部に逆五芒星が描かれ、その胸には赤い色で凶の字が描かれている。毒害龍の四本の腕は、二本が獄車を操り、一本は盾を持ち、一本は剣を持っていた。人工馬の四頭は、それぞれ白い馬がレーザー光線で、赤い馬が炎、黒い馬がミサイルで、青い馬が毒ガスで攻撃する戦闘用だった。タケミナカタが背負っていた無効剣を抜き、青龍剣とともに構える。無効剣はほとんどのレーザー光線や炎の攻撃を無効にする神剣だった。

毒害龍「この獄車に乗るおれを倒せると思っているのか」

獄車の周囲には強力な結界《バリアー》が張られており、たとえタケミナカタが雷帝を発してもその効力のほとんどを減殺することができた。

タケミナカタ「それは凶公からの贈り物か？」

救世主教《ミトラ》の凶公、陰剣帝有巣三世《インケンテイウス》は、太陽系の中で女性こそ人類の原罪だとする男だった。

その為、女性の解放と原罪の否定を主張する在家法の行者たちは有巣《うす》三世から最も憎まれていた。

毒害龍「その通りだ、小僧、覚悟しろ」

毒害龍が獄車を前進させ、人工馬たちがレーザー光線と炎とミサイルと毒ガスで攻撃する。

無効剣でそれらの攻撃力を減殺しつつタケミナカタが叫ぶ。

タケミナカタ「死蝶乱舞！」

光る蝶の如き刃は、毒害龍まで届くが、獄車の結界でその威力をほとんど減殺され、毒害龍にとっては振動でしかない。

毒害龍「いつまで避けるつもりだ」

タケミナカタ「固定観念《ドグマ》に囚われる者に未来はない」

毒害龍「馬鹿を言うな。おれは再び諸々の民族と国を支配する王となるんだ」

まさに乱舞というべききめまぐるしい動きの中、タケミナカタは毒害龍の攻撃を防ぎつつ光りの蝶を放ち続ける。そして振動が毒害龍の尾てい骨に与え続けた影響で毒害龍の蛇炎《クンダリニー》が突如、発動する。蛇炎のある尾てい骨へある一定の振動を与え続けると突如、蛇炎が発動し、しばしばとんでもないことになる。もともと毒害龍は蛇炎の制御ができない上に、毒害龍の蛇炎は莫大なエネルギーを持っていた。その為、毒害龍はあっという間に闘技場全体を覆うまでに巨大化し、本来の姿を現す。

変身が解け、巨大化した毒害龍の姿は七つの頭部に十の角をもつ本来の姿をあらわす。ただ今までタケミナカタの攻撃から毒害龍を結界で守っていた獄車は人工馬とともに巨体に押しつぶされている。この獄車とそれがつくり出していた結界を破壊するためにタケミナカタは毒害龍の蛇炎を発動させたのだった。そして炎と毒ガスを吐く毒害龍の七つある頭のうち真中の頭頂部へタケミナカタが雷帝を発する。雷が頭頂部を貫き、毒害龍の巨体が倒れる。巨体が倒れる時、その下敷きになりそうだった特別貴賓室では闘増がその特殊能力を使って亜空間にへロディアとサロメを連れて逃げた。アシュラも持ち前の神速でいち早く避難していたので無事だった。

その日の夜、やはり焚き火に当たっているタケミナカタのところへアシュラがやって来る。

アシュラ「今日の相手は凄かったね」

毒害龍との戦いについてアシュラが率直な感想を言う。しかし、タケミナカタはあまり喜んではいない。
タケミナカタ「目に見える恐竜は倒せても、人の心の中にいる恐竜を制するのは難しい」
アシュラ「固定観念のこと？」
死義書では、人の意識下には、まだ進化の過程で恐竜だった頃の性質が残っているとしており、それを心の恐竜と表現していた。死義書において心の恐竜と表現されている内容は一般的には固定観念という言葉で表現される。
タケミナカタ「そうさ、実態ではなく刷り込まれた言葉のイメージに囚われ、深く考えようとしない心だ」
アシュラ「それがあるから、宗教が支配と洗脳の道具になるんだよね」
タケミナカタ「自分の宗教だけが正しく、他はみんな正しくないという固定観念、いや宗教だけじゃない。主義《イデオロギー》だって本質は同じだ」
自分たちだけが正しく、だから自分たちは正義のために戦かっていると言うなら、宗教と主義の数だけ正義があることになる。そしてそれを利用し、儲けようとする人々によって戦争が起こされる。
アシュラ「だからその宗教から人を解放するための在家法でしょ。明日も必ず勝てるわ」

タケミナカタ「アシュラはいつも明るいな」
アシュラが胸を張って言う。
アシュラ「当たり前でしょ。あたいの名前は太陽神と同じなんだから」
タケミナカタが言う。
タケミナカタ「確かにそうだった」
アシュラが一呼吸おいてタケミナカタに言う。
アシュラ「こっちを向いて、私を見て」
タケミナカタがアシュラを正面に見る。
アシュラ「もし明日、地神剣を取り戻したら私の踊りを見てくれる？」
タケミナカタ「〝死者の舞踏〟かい？」
アシュラが肯く。
アシュラ「あたいはもうこれ以上、自分の気持ちをしまっておけないの」
タケミナカタ「なら全力でやると約束してくれ」
死者の舞踏とは、アシュラが蛇骨剣で相手を攻撃し、相手の力量を試すものだった。アシュラが全力で攻撃した時、タケミナカタといえども防げるとは思えない。アシュラがぎこちなく肯く。
タケミナカタ「殺すか殺されるかの世界に生きるしかない男だ。それでもよければ好きにすればいい」
アシュラ「あんたの気持ちはどうなのよ」
タケミナカタ「人に好きと言える資格なんてない」
言い棄ててタケミナカタは去っていく。
ちょうどタケミナカタが焚き火から去った頃、盤爆にある連邦軍のヒドラ提督の邸では別の会話がなされていた。そこではヒドラ提督がヘロディアに明日の説明をしていた。金赤のワイングラスを傾けながらヒドラ総督がヘロディアの方を向く。金赤は他の金属を混ぜた場合と違ってひときわ明るい赤の色を放っている。
ヒドラ「明日こそ闘増殿が飛鳥の王位をあの男からあなたがた親子に取り戻してくれますよ」
獅子族の闘増がワイングラスを上げて言う。
闘増「必ず取り戻すと王妃に誓います」
ヒドラ「それに明日の観客席は全て闘増殿の教え子である獅子族の士官候補生が、万一の場合に備えて待機しています」

明日は、闘増が万一タケミナカタに敗れた場合、観客席を埋めた獅子族が一斉にタケミナカタに斬りかかることになっていた。そしてさっきから食べてばかりいる息子の巨白犬族《グレートピレニーズ》であるアンティパスの足をヒドラ提督が踏む。慌ててアンティパスが顔をあげる。

アンティパス「おれとサロメ王女との間にできる子はきっとかわいいですよ」

考えるだけでぞっとする思いでサロメは顔をひき吊らせながら笑う。

ヒドラ「違う。お前は明日、万一闘技場からタケミナカタが生きて出てきたら、賞金稼ぎに変装している特殊部隊千人でやつを地獄に送るんだ。サロメ王女との結婚式はその後だ」

アンティパス「はい。分かってます」

怒られたのでアンティパスはとりあえず耳を伏せて答える。それを見ているサロメは〝こんな駄犬とは絶対結婚したくない！〟と改めて思っていた。ヒドラ提督でさえ、自分の遺伝子と優秀なはずの巨白犬族の遺伝子を使って作った息子なのに絶望していた。アンティパスは、どんなに優秀な遺伝子を持っていても甘やかして育てれば駄犬になる実例だった。だからこの中で明日のタケミナカタの勝利をサロメだけは真剣に祈っていた。ただ、ヘロディアが連邦政府の支援で、サロメを飛鳥の女王にしようとしていたのでサロメは仕方なくここにいる。サロメには、母であるヘロディアの願いを拒絶するだけの非情さはなかった。

ヘロディアが微笑みつつ言う。

ヘロディア「さすがの天魔も明日で最期ね」

サロメ以外は大きく肯く。

ヒドラ「さあ、太陽系の平和と繁栄のために天魔の最期を祈って乾杯しましょう」

全員がグラスをあげて乾杯する。ただサロメは小さな声で、アンティパスは歯にものがはさまって唱和した。

出会い（八）

盤爆の中心にある大円形闘技場では夕日が沈もうとする中、神々の祭典の決勝戦が始まろうとしていた。この決勝戦の勝者が、太陽系の三神剣の一つと言われる地神剣を所有することができる。闘技場の観客席と照明装置は、昨日の毒害龍とタケミナカタとの戦いでかなり壊れていたが、応急処置が施されていた。

太陽がもうすぐ沈む時刻になってしまったのは、この応急処置に時間が予想以上にかかった為だった。そしてまだ残っている観客席には全て戦闘強化服を装着した獅子族が剣を持って待機していた。彼らは、万一、タケミナカタが勝った場合、全員でタケミナカタに総攻撃をかける予定だった。すでにアモン家の一族である闘増は白い戦闘強化服を装着し、中央に立って待っている。闘増の戦闘強化服の胸には、昨日の毒害龍と同じ赤い凶の文字があった。この戦闘強化服もまた凶公からの贈り物であり、ほとんどの攻撃を減殺する防御力を持っていた。そこへタケミナカタが青龍剣を抜いたままで現れる。闘増が地神剣を抜き、タケミナカタを指して言う。

闘増「悪運の強さもこれまでだ。平和と正義を脅かす天魔よ、今日こそ地獄へ送ってやろう」

タケミナカタ「自分たちの利権を維持する為に正義を偽造する者たちの片割れに負けるわけにはいかない。きさまから必ずその剣を取り戻す」

闘増「へらず口は地獄でほざけ！」

闘増は背の翼をひろげ亜空間へと姿を消す。次の瞬間、背後から姿を現した闘増が斬りつけるがタケミナカタに避けられる。再び闘増が姿を消し、今度は上から斬りつける。しかし今度もまた斬り返される。さらに何度かタケミナカタへ攻撃をかけるがことごとく反撃される。そのうちしだいに亜空間へ姿を消している時間が長くなる。この時、タケミナカタが青龍剣を光らせ、必殺技を発した。

タケミナカタ「死蝶神舞！」

この時、青龍剣の発した無数の光が空中で亜空間へと消えていく。やがて何ヶ所も傷ついた闘増が姿を現す。亜空間では、戦闘強化服の防御力は消える。

闘増「きさま、亜空間へも攻撃できるのか」

タケミナカタ「二人を助けてもらっているから、一度は命をとらずに許してやろう」

タケミナカタは昨日、ヘロディアとサロメを闘増が亜空間転送で助けた事を言っていた。

しかし、この一言で闘増は激怒した。

闘増「ふざけるな！　このおれ様だって地神剣は使えるんだ」

闘増が呪文を唱え、タケミナカタも神文を唱える。地神剣から炎が噴き出し闘増がそれを大上段に振り上げる。

闘増「地神剣奥義、天炎龍《ウパナンダ》！」

同時にタケミナカタが青龍剣から氷結の塊を発する。炎のエネルギーと氷結の塊が激突し、そのあまりの激しさに時空が歪む。闘増はその歪みのエネルギーに吹き飛ばされ遙か昔、こ

の星の地軸が逆転していた世界の光景を気絶する直前に見た。さすがにどんなに防御力があってても衝突の衝撃までは防げない。闘増はそのまま壁に激突し意識を失う。タケミナカタは倒れた闘増から地神剣を取り戻し天に向かって掲げた。その時、闘技場の観客席にいた獅子族の戦士たちが一斉にタケミナカタに迫って行った。

タケミナカタ「死蝶炎舞!」

地神剣から無数の炎が拡散し、一瞬にして獅子族全員が倒れる。この時、天魔が降臨したと言われる瞬間だった。地神剣を手にしたタケミナカタはこの時以降、アーリマン・ラー二十三世となる。そしてこの時から天魔の伝説が始まる。

その日の夜、盤爆のはずれにある建設中の要塞の前にいつもよりかなり大きな焚き火が天にも届けとばかりの勢いで燃えている。地神剣を手にして正式にアーリマン・ラー二十三世になったタケミナカタを帰り道に待ち伏せして迎え撃とうとした賞金稼ぎの扮装をした特殊部隊は、アーリマン・ラーによって壊滅していた。待ち伏せしていた特殊部隊の中で無事だったのはその時、アーリマン・ラーの姿を見ただけで剣も抜かずに逃げ出したアンティパスだけだった。もちろんアシュラたちが加勢すると言っていたのだが、アーリマン・ラーは最強伝説をつくると言って一人で戦い勝利していた。そのアーリマン・ラーの祝勝会が今、吉象たちの手によって行われていた。

アーリマン・ラーの横には連邦軍のサルタヒコ・ラー少佐がいた。ミノタウルス族であるサルタヒコは、連邦軍の動向を探るため、アーリマン・ラーの母であるカーリー皇太后、当時は女王からの要請で連邦軍の将校になっていた。そして今日は大統領からの連絡事項とその条件を伝えるために来ていた。

神々の祭典での優勝者は連邦軍の士官学校の教官、または独立旅団の司令官になる事ができた。サルタヒコの連絡事項の中には、今まで過激派《テロリスト》にされていたイアフメスの特赦もあった。また、アーリマン・ラーを正式に父のミノタウルス・ラーと同じ飛鳥の国における駐留軍の司令官に任命していた。これは飛鳥の国がやっと独立を回復することだった。サルタヒコにとってはやっと念願がかなったと言える。いまや、太陽系の六つの惑星全てで、選民官僚と腐配族による洗脳支配によって人が壊れ、家族がバラバラになり、社会は末期症状を示していた。この状況において在家法を唱え、人と社会の革命を主張するアーリマン・ラーには多くの人々の期待が集まっていた。しかし、地神剣を取り戻したにもかかわらずアーリマン・ラーの表情には明るさがなかった。アシュラはアーリマン・ラーの表情に笑ってはいても本当の明るさがないことを感じ、ある決断をする。アシュラは横にいたエフに、ある伝言をアーリマン・ラーに伝えるように頼み、席を離れる。エフがアーリマン・ラーに近づき問いかける。

エフ「アシュラが〝死者の舞踏〟をお見せしたいと申しておりますが、どういたしますか？」

アシュラの〝死者の舞踏〟は求婚する相手の資格の検証、つまり舞踏が終わるまでにアシュラが剣で相手の技量を確かめる行為だった。〝死者の舞踏〟という言葉がさざ波のように伝わりあたり一面が静かになる。いままでアシュラの〝死者の舞踏〟が終わるまで生きていた相手はない。

アーリマン・ラー「本人が望むのであればどうぞ」

吉象は憮然《ぶぜん》とした表情で黙っている。エフが手をたたき、激しい太鼓のリズムが始まる。アシュラがドクロを加工したもので秘所を覆い、かつて殺した賞金稼ぎたちの手首の骨を腰に巻きつけ蛇骨剣をもって現れる。全ての人が手拍子を打つ中、アシュラが炎のように激しい踊りを続ける。そして踊りが最高潮に達した時、アシュラの蛇骨剣が伸びアーリマン・ラーの喉の前で地神剣に押さえられる。〝おー〟という声と共にほっとした空気が流れる。アシュラは、少女の頃に一度だけ押さえられた以外、蛇骨剣が押さえられたことなどない。プライドが高いアシュラが思わず不満の叫びをあげる。

アシュラ「剣の格が違いすぎるわ」

太陽系における三神剣、アモン家の天神剣に匹敵すると言われる地神剣が相手では確かに蛇骨剣では不利だった。

アーリマン・ラー「なら、これを使ってもう一度確かめたらどうだ」

そう言うとアーリマン・ラーは地神剣を鞘におさめアシュラに投げ与える。

受け取ったアシュラはつばを飲み込み地神剣を抜く。アシュラの生命力の強さに反応して地神剣から小さな炎が噴きあがる。アシュラは数回、地神剣を振って感触を確かめると鞘をエフに渡し、合図をする。再び手拍子と太鼓が激しいリズムをつくりアシュラの炎の踊りが始まる。今度はアーリマン・ラーは立ったまま青龍剣に手をかけアシュラを見ている。そして踊りが最高潮に達した時、地神剣の炎の塊がアーリマン・ラーに襲いかかる。しかしアーリマン・ラーは青龍剣で氷壁をつくり炎を喰い止める。

アーリマン・ラー「もっと心を静かにしなければその剣は使いこなせない」

アシュラはむっとして言い返す。

アシュラ「別にあたいの剣じゃないでしょ」

アーリマン・ラー「それと同じ炎の属性を持つ剣を婚約の印にプレゼントするつもりだ。扱いはもっと難しい」
アシュラが驚いていると、アーリマン・ラーは近づき地神剣を受け取る。
アーリマン・ラー「愛することしか約束できない。それでもよければ着替えてきて私の隣に座ってくれ」
アシュラは立ち上がり着替えるために姿を消す。そしてアシュラが黒闘神《カーリー》の戦闘強化服を装着し白夜叉神の戦闘強化服を持ってきた。
アシュラ「養父からの贈り物です」
吉象「かつて先代が光覚帝より賜ったものに似せて作らせたものです」
それはアーリマン・ラー二十二世が光覚帝から賜った戦闘強化服に似せて作られたものだった。
アーリマン・ラー「ありがとう。使わせていただく」
そう言ってアーリマン・ラーが立ち上がる。皆が静かになり、アーリマン・ラーの言葉を待つ。
アーリマン・ラー「もはや革命しかない。理由はいまさら説明するまでもない。だが、今までの多くの革命と同じように、さらなる悲劇が繰り返されてはならない。人はまず外の革命だけでなく自らの心の中にある闇の革命もまた起こさなければ、自分自身が権力者となった時、再び堕ちることになる」

聞いている者の反応をみるが、分かっている者はほとんどいない。

アーリマン・ラー「心の闇をどうすればいいのか。その答えこそ在家法だった。だが先代が、全ての人に解放されるべきだと念願した在家法は、すばらしい能力開発を万人にもたらす為に、選民官僚たちにとって封印されるべきものとなった」

あまりにも難しい話に、ほとんどの者が理解できていない事を感じたアーリマン・ラーは内容を変える。

アーリマン・ラー「先ほどサルタヒコ少佐から、飛鳥の国の司令官になるようにとの話があった」

どよめきがおさまるのを待って話を続ける。

アーリマン・ラー「それにはある条件があった。その条件とは、三ヶ月以内に黄金星《イリオン》の麻薬密売組織の討伐に向かう事」

あちこちから「罠だ」という声があがる。いままでも、大統領府の腐敗を告発しようとした将校たちが、わずかな討伐隊で向かって全滅していたのである。大統領府は密売組織は数百人程度の武装組織だと説明しているが、組織の実質は二十万以上の兵力を持つ非公式ながら軍隊そのものだった。いまのアーリマン・ラーに動員できる兵力は、吉象の配下を加えてもせいぜい二千人程度である。

大統領府の選民官僚たちは、もはや賞金稼ぎたちではアーリマン・ラーの暗殺は無理と判断し、密売組織の戦闘艦隊を使って宇宙において抹殺することにしたのである。

アーリマン・ラー「もちろん、無駄死にするかもしれない。しかし私は行く事にした。なぜならそこには麻薬の密売によって蓄えた資金だけでなく、武器の密売で蓄えた資金も含まれた一千兆エン・ドルの金があるからだ。この金は人類全ての為に使われるべきなのだ」

大きな歓声があがり、静まるまでしばし待ってから、アーリマン・ラーが地神剣を抜き、天に掲げて宣言する。

アーリマン・ラー「天命、死なれば死。
　　天命、生なれば生。
　　天命は我等と共に在り。

すべてはこれからの行動によって決まる」

アーリマン・ラーがアシュラに明るく微笑む。夜空には青輝星がひときわ輝いていた。

その日の夜遅く、祝勝会が終わり、焚き火には残り火しかない。すでに他の人々は二人に気を利かせていなくなっていた。アシュラはどうしても聞きたいことがあってアーリマン・ラーに言う。

アシュラ「なぜ、ほとんどの人が在家法を知らないの？」

こんなにも当たり前の事がなぜ、もっと前に人々に受け入れられなかったのかは当然の質問だった。死義書には在家法の説明はあるが、なぜそれが人々に広まらなかったかの説明はなかった。

アーリマン・ラー「まず、在家法を受け入れられる社会は民主主義がなければ無理なんだ。自由と平等と博愛が認められない身分制度の社会では、全ての人に能力開発のための技法を公開できないんだ」

身分制度をもつ社会において特権をもつ階級は、軍事力、経済力とともに知識を独占することによってその特権を維持する。

アシュラ「でも前の大戦でほとんどの国で身分制度は廃止されて、民主主義の国になったんじゃないの？」

アーリマン・ラー「支配する側は、表面的には民主主義に見せかけているけど、実質は宗教と巨大放送を使って人々を洗脳支配《ピー・アール・エス》しようとしているのさ」

洗脳支配とは三段階による条件付けの支配方法だった。第一段階は問題を心に刷り込む、つまり、ある法案を成立させたい時にテレビを中心とした巨大放送を使って問題《プロブレム》を大々的に繰り返し報道し、国民の間にその対応が必要であると煽動する。第二段階は、あらかじめ用意してある対応策《リアクション》を示し、その為の法案を提出する段階である。第三段階は法案を成立させて目的が解決《ソリューション》されると国民に思い込ませるものだ。これを腐配族と宗教団体の指導者たちを使ってもっともらしく説明させる。これが洗脳支配の構造だった。

アシュラ「それに対して在家法は自帰依、法帰依だからまったく扱いにくいよね」

自分で自分の真我《こころ》に問いかける事が在家法の基本である以上、洗脳とは最も遠い位置にあった。

アーリマン・ラー「それに、支配する側は国民の一人一人が、自らをちっぽけでとるに足りない存在だと思っているほうが扱いやすいんだ」

何の疑問もなく腐配族の言う正義を国民が信じて従っていれば、支配する側の利権も地位も安泰だと彼らは考える。即ち国民を何も考えない従順な羊にしておけば過剰利得《ワイロ》を手にする選民官僚はいつまでも酷税を好き勝手にできる。
アーリマン・ラー「全ての人には素晴らしい可能性があるし、在家法はそのための技法だ。ただ、在家法は自分自身の心を大きく変えるので、受け入れるかどうかが問題なんだ」
アシュラ「きっと大丈夫だよ。これ以上、暗い未来はたくさんだもの」
アーリマン・ラーが肯き二人は寄り添うようにして夜空を見上げていた。

弁天

黄金星《イリオン》の上空に展開している麻薬密売組織の軍事衛星〝闇月《ダーク・ムーン》〟の外見は、一見、角ばったサッカー・ボールのように見えるが、実は正三角形が集まった正二十面体であり、超原光線の発射口が前後に二つあった。

その闇月に、太陽系の各惑星を回っている白拍子一座が乗った宇宙船が入る。白拍子一座の名前は〝弁天〟。一座で人気の踊り手の名前にちなんでつけた名前だった。周囲には四百隻を超える戦闘艦隊が展開して、アーリマン・ラーの指揮する戦闘艦、三隻の接近を待ち構えていた。いかに太陽系最強の戦士であろうとも勝てるはずがないほど、戦力は麻薬密売組織側が圧倒的に有利だった。その上、闇月の超原光線の射程は戦闘艦のそれより長く、アーリマン・ラーの指揮する戦闘艦が接近する前にそれを消滅させる事ができた。このような状況だからこそ、大統領府の選民官僚は、今度こそアーリマン・ラーとその仲間を全滅させることができると考えた。

　しかし、彼らはアシュラが、宇宙船に乗っている白拍子一座の踊り手、弁天に成りすまして潜入してくる事は想定していなかった。軍事衛星〝闇月〟の唯一の弱点は、司令官である亜脳《アノウ》・有魔利屈《アルマリクツ》の美少女趣味だった。そもそもアノウは、美少女趣味が問題になって青蓮星《アルビジョア》にある死徒《シト》国の醜道院長を解任されこの闇月へ追放された過去をもっていた。そしてこの弱点を利用して、アシュラたちは白拍子一座となって闇月に乗り込んでいた。この一座の座長に成りすました吉象はまるで七福神の大黒様のような服装をして宇宙船から降りてきた。その横にいるアシュラは肌の色を白く変化させ、弁天のようにゆったりとした衣装をまとい楽器を持っていた。アシュラと吉象の後から配下が舞台道具の入った箱を下ろし始める。その箱、一つ一つを兵士が検査する。

　吉象はさっきから配下とともに宇宙船を検査している担当の兵士を見ていた。兵士は宇宙船に一座以外の人間の反応がないかどうかを調べている。実は宇宙船の倉庫には、仮眠装置に入って極限まで生命反応を弱くしたアーリマン・ラーと守天たちがいた。もし、兵士が気づいたらアシュラとともに吉象たちはアーリマン・ラーたちが仮眠状態から体を動かせるようになるまで時間を稼がなければならない。兵士がしきりにチェックを繰り返してなかなか検査が終わらない。アシュラが担当の兵士にむかって言う。

アシュラ「早くしてくれないと間に合わなくなるよ」

ムッとした兵士にさらにアシュラが言う。

アシュラ「いいんだね。司令官にあんたのせいで遅れたって言いつけても」

司令官という言葉にびっくりした兵士がチェックを飛ばして検査を終える。アシュラも吉象もほっとする。それからアシュラたちは吉象と数人の配下を残して闇月の大会議室へ舞台を用意するために移動する。吉象は仮眠装置からゆっくり意識を戻しつつあるアーリマン・ラーたちの様子を見届けるために数名の配下と残る。

しばらくして闇月の大会議室につくられた舞台で天州国の遠い昔におこなわれた〝静香の舞〟を古い楽器の伴奏でアシュラが披露する。優美な舞が終わりアシュラは幕の裏へ下がる。しかし、大半の兵士たちにとっては肌の露出が少なすぎて野次が飛ぶ。

〃絵ノ島の弁天は裸だぞ、もっと脱げ〃
ただでさえ肌の色を白く調整するのに体力を使って疲れているのに野次まで重なったアシュラは怒ってしまう。そこへアーリマン・ラーたちが動けるようになり、準備ができたことを知らせに吉象がくる。
アシュラ〃いっそ、死者の舞踏でもやろうかな〃
アシュラがテレパシーで吉象に伝える。
吉象〃待て、もうじき変態司令官から迎えが来る〃
吉象もテレパシーで伝える。
そこへ変態司令官のアノウから迎えの兵士がやってくる。
兵士に連れられてなるべくおとなしくアシュラはついていく。司令官室では、アノウがすでに全ての通信装置を切っていた。そもそもアノウは神族とは逆の闇族であった。闇族とは、神族と同じように密教を使ってその能力を開発するが、その目的はあくまで、自分の憎しみ、怒り、嫉妬といった心の闇を満足させる事だった。彼らはこの世に地獄を作り人々が苦しむ事を喜ぶ者たちだった。そして闇族であるアノウは少女に好き勝手な行為をする時にジャマされるのが最も嫌いだった。

アシュラは部屋に入るとすばやく緊急装置までもスイッチが切られていることを確認した上でアーリマン・ラーへテレパシーで連絡する。そして部屋の中で感じる禍々《まがまが》しい邪悪な波動の位置を探していく。この闇月にはアノウとともにこの闇月に追放された変色族《カメレオン》の累血衣《ルチエ》がいるはずだった。累血衣は体色を変化させて周囲にまぎれて襲う種族であった。そして累血衣は、ある時は凶公軍の兵士となり、ある時は別の宗派の兵士となって常に正義を騙《かた》って戦争を起こす者の手下になる殺人狂たちだった。彼らはまるで動物のカメレオンの如く、宗教も主義も正義も変えるが、自分たち以外の存在は認めない冷血性とその邪悪な波動は常に一緒だった。薄暗い部屋の中で、アノウの部下の累血衣が発する邪悪な波動をアシュラは探している。アシュラが黙って累血衣の数と位置を確かめているのを緊張で固くなっていると勘違いしたアノウがいつものように言う。

アノウ「一生を平和と博愛に捧げた死徒《シト》国の忠実な信者であるわしが、お前をこの世の地獄から救って天の国へ送り届けてやろう」

アシュラ「どうして救われる必要があるんですか？」

あまりの妄言にアシュラが切り返す。

アノウ「全ての女は蛇に吹きこまれた悪知恵で、男を堕落させた原罪から救われる必要があるのだ」

アノウは屁理屈を言い、ズボンを下ろす。

アシュラ「着物を脱ぎますから、後ろを向いてくれますか？」

周囲には手下の累血衣がいるのでアノウはなんの心配もせずにアシュラに背を向ける。

アノウが背を向けた直後、アシュラは蛇骨剣で累血衣を全て倒す。累血衣が倒れる音でアノウが振り返ると、そこには黒い肌に戻ったアシュラが白拍子の衣装をとって戦闘強化服の姿になっていた。周囲には手下の累血衣がすべて倒れている。黒い肌に戻っているアシュラを見てアノウが言う。

アノウ「きさま、アシュラだな」

アシュラが蛇骨剣を突きつけ言う。

アシュラ「女にありもしない罪をなすりつけるのはいい加減にしな」

蛇骨剣を突きつけられてもまだ、アノウには余裕があった。なにしろ闇月には一万二千人を超える兵士がいる。アシュラたちが潜入したからといってこの闇月が占拠できるわけがないとアノウは思っている。

アノウ「なぜ、累血衣たちが分かった？」

アシュラ「どんな外見になろうと邪悪な波動は隠せないんだよ」
しばらくアシュラとアノウが睨み合っていると司令官室のドアがノックされる。アノウがにやりと笑う。アノウにしてみれば、司令官室のドアをノックするのは部下しか考えられない。アシュラがドアを開く。入ってきた戦士を見て、アノウのアゴが開きっぱなしになる。
アノウ「きさま、なぜここにいる？」
アーリマン・ラー「すでに第六区画の戦略情報室を押さえた」
第六区画の戦略情報室こそ闇月のすべてを管理している場所だった。さすがにアノウはうろたえ、怒鳴る。
アノウ「お前も男だろう。なぜ女に肩入れする」
アーリマン・ラー「女性の解放がなければ人類の半分が解放されないことになるからだ」
アノウ「女が犯した原罪をお前も否定するのか」
アーリマン・ラー「幻の罪、幻罪で人の心を洗脳し支配するのはやめろ」
アノウ「神をも畏《おそ》れぬ天魔め」
アシュラ「勝手に自分の都合で神様を使うな。凶公を恐れないと言え」
アノウ「そこまで分かっているなら、太陽系のほとんどの宗教を敵にする覚悟はあるんだろうな」

アノウは悔し紛れに叫ぶ。

アーリマン・ラー「宗教を支配と洗脳の為に使う全ての宗教から人々を解放するために在家法はある」

アシュラが蛇骨剣でアノウを突つく。

アシュラ「さあ、まわりの戦闘艦隊にこっちの戦闘艦を闇月へ通すように命令するのよ」

アノウがスイッチを入れイアフメスたちが乗っている戦闘艦三隻を闇月へ入れるように命令する。四百隻の戦闘艦隊は連邦軍の戦闘艦三隻をなすすべもなく通す。

イアフメスたちが闇月に乗り込んだ後、周囲に展開している戦闘艦の艦長全員が闇月に集められる。そこで艦長たちは、アーリマン・ラーの革命軍へ参加するかどうかが問われた。この時、アーリマン・ラーは、給料の遅配の改善と全額支給を条件として示した。その上、遅れていた給料分とアノウがピンはねしていた分をその場で支給したのでほとんどの艦長は参加を表明した。参加を表明した艦長は、吉象の配下を連れて戦闘艦に戻され、拒否した艦長はそのまま独房に監禁された。ポイントは将校と兵士たちが巻き上げられていた金をその場で支給できたことだった。これは、その明細が司令官室の金庫の中に金とともにあったのですぐその場でアーリマン・ラーたちは渡すことができた。彼らのほとんどは働き場所がなく、生活のためにやむおえず麻薬密売組織の将校や兵士になった者たちであり、彼らにとって司令官が必ずしもアノウである必要はなかった。

その後、軍事衛星の闇月と戦闘艦隊を革命軍にしたアーリマン・ラーは闇月をアシュラたちに任せて、その日のうちに彼らの宇宙輸送船《マンボウ》に乗って地上の防衛の要である移動要塞《ビック・オクトパス》へ向かった。移動要塞は麻薬密売組織における麻薬と並ぶ資金源である兵器を作る工場だった。黄金星において鉱物資源のある場所へ移動する工場が超原光線を発射する砲台や、武器を装備して要塞化したものが移動要塞だった。名前はその超原光線を発射する砲塔が八つあるためにつけられた仇名だった。この移動要塞へ宇宙輸送船の荷台に乗ってアーリマン・ラーが白狼族とともに降下した。この時、最初は白いシートに隠れていたアーリマン・ラーが現れる。その白夜叉の戦闘強化服の姿は移動要塞の兵士たちを怯えさされるのに十分効果的だった。

その上、労働者として事前に潜入していたエフたちも共にアーリマン・ラーに協力した結果、移動要塞もあっけなく制圧された。これでやっとアーリマン・ラーたちは黄金星《イリオン》における麻薬密売組織の首領である憎流《ゾル》・苦輪《クリング》倶のいる邪神要塞《カロット・エンボット》を攻略するだけの兵力を手に入れることができた。

蛇炎

黄金星にある白湖の上空に展開していた闇月とその戦闘艦隊、それに移動要塞を攻略した革命軍は直後に黄金星の極北近くにある白湖へ進軍する。邪神要塞は白湖の湖底にあった。

そこで白湖の周囲を守備していた麻薬密売組織を粉砕し、白湖の周囲に堤防を築く。これは湖のまわりにある山から氷雪の解けた水が流れ込まないようにする為だった。その上でアーリマン・ラーは麻薬密売組織の首領である憎流《ゾル》・苦輪倶《クリング》との決戦に臨むため、湖底へと向かった。アーリマン・ラーが湖底に着くと憎流との間で激しい戦いが開始され、その為に湖面は激しく蒸気を噴き上げた。それは地神剣を持ったアーリマン・ラーと蛇神剣を持った憎流が共に炎の属性をもつ必殺技で相手を焼く尽くそうとしていたからだった。アーリマン・ラーの地神剣が発する天炎龍と、憎流の蛇神剣から発する蛇炎は互角であり、激突して水中でばらばらの炎となって散る。

数時間後、白湖の水位はかなり下がっていた。本来なら上昇した気温で周囲の山から氷雪が溶けて流れ込むはずだが、堤防で流れが止められている。最初はアーリマン・ラーを見くびっていた憎流側はしだいにあせり始めていた。このまま水位が下がり水が干上がった時、

蛇神剣の熱エネルギーで憎流自身が燃え上がってしまう可能性があった。白湖の水は憎流にとって蛇神剣の熱エネルギーを調整し、体温の急上昇を調整するために必要不可欠なものだった。その為、堤防を破壊し白湖に水を流し込もうと、憎流の側近である妖女の感怒利《カンドリ》と蛙族の腐劣知《フレッチ》がそれぞれ部下を連れて向かった。もちろんアーリマン・ラー側も彼らがやって来ることは十分に予想していた。南にはアシュラとアーリマン・ラーの側近である黄泉《ヨミ》の黒烏族《ヤタガラス》が、北ではエフと守天の白狼族が待ち構えていた。まず南の堤防で戦いが始まった。空でアシュラと感怒利が激しく戦い、黄泉と黒烏族が感怒利の部下である白カラス族と戦う。アシュラの蛇骨剣が感怒利に伸びるが、感怒利も三叉の槍を振るいアシュラの心臓を狙う。ただアシュラの神速に追いつけない感怒利は、異次元からの死霊を呼び寄せアシュラに取り憑かせようとするがことごとく消滅させられていた。アシュラは神文を唱えつつ蛇骨剣で感怒利の止めを刺そうと周囲を回っている。感怒利の痩せた表情に黒い目だけが異様な赤い光りを発している。

感怒利「いい加減にくし刺しになれ！」

アシュラ「そっちこそ死霊をこんなに呼び出してよく生きてるわ」

死霊のほとんどは生きている人の生命力を削っていく。

生きている事と死んでいる事は輪廻の両面であり、エネルギーの性質が逆であるため、死霊を呼び出す者は自らの生命力を削り、痩せていく。そして最後には命を失う者がほとんどだった。そのうち感怒利の息切れが始まった時、アシュラが宣言する。

アシュラ「三重六芒結界、閉じよ」

地面から縞のある触手を何カ所に埋めておいた封印を発動させる。

アシュラは事前に何カ所に埋めておいた封印を発動させる。


感怒利「小娘、はかったな」

すでに限界にきていた感怒利が触手でパワーを取り込めなくなって落下する。すでに黄泉たちは白カラス族を全滅させていた。その頃まだ白湖の湖底ではアーリマン・ラーと憎流が激しく戦っていた。

古代の神族である憎流は水生型であり、見た目は爬虫類、恐竜、翼を持つ蛇とさえ言われる高度な知能を持った種族だった。憎流の戦闘強化服は灰色で、腹に朱色で卍が描かれていた。憎流がその生命力を蛇神剣に集めて発する。

憎流「蛇炎！」

それに対してアーリマン・ラーもオリハルコンの短剣からのエネルギーを使い、地神剣から必殺技を発する。オリハルコンの短剣には無限にエネルギーを異次元へ解放したり吸収したりする力があった。憎流の誤算は、アーリマン・ラーがこれだけ莫大なエネルギーを使っているのにまだ十分に力があることだった。もちろん生命の炎《クンダリニー》の力は古代の神族である憎流のほうが数段優っているはずであり、それに引きかえアーリンマン・ラーは、例え神族でも、もう力が尽きてもいいはずだった。しかし、短剣《オリハルコン》の力を使うアーリマン・ラーは、まったく力が弱まる様子がない。さらに二人は激闘を続ける。

そして感怒利も腐劣知も倒されて数時間後、今は周囲に水がほとんど無くなっている。

憎流「金髪の獣にしてはよくも改善したものだ」

アーリマン・ラー「人であろうとする者の特質は変化できる事だ」

蛇炎と天炎龍が激突し、とうとう水が無くなり、泥の湖底となってしまった。その泥の上空から戦闘艦隊が一斉に強力な照明であたり一面を温める。さらに周囲では腐劣知たちを倒したエフとアシュラたちが焚き火を何ヶ所かではじめ、さらに温度を上昇させる。いかに極北の地とはいえ、もう熱帯のような暑さになっている。そしてすでに戦闘強化服の耐熱温度をこえ視力を失った憎流が叫ぶ。

憎流「なぜ、きさまはこの高熱に耐えられるんだ」

その時、もし憎流に視力があれば、アーリマン・ラーの周囲に瑠璃色《るりいろ》に輝く光の結界があることが分かっただろう。アーリマン・ラーは高熱の中でオリハルコンの短剣の力を使って結界もつくっていた。アーリマン・ラーが再び憎流へ天炎龍を発する。憎流もまた蛇炎を発するが自分自身からも炎が噴きあがる。憎流には自分の生命の炎を調整する能力はなく、自らの炎の力で燃え上がっていた。更にアーリマン・ラーが天炎龍を発した時には燃え出した憎流にはすでに蛇神剣を振ることはできなかった。天炎龍が憎流を直撃し、憎流が粉々になって飛び散る。アーリマン・ラーはあとに残った蛇神剣を取り上げると、戦闘艦隊からの照明を消させる。ここにおいて不死身と言われ不敗伝説を持った憎流を倒したアーリマン・ラーが太陽系で最強の戦士となる。その日のうちにアーリマン・ラーたちは邪神要塞の金庫を守備していた連邦軍の特殊部隊を全滅させ、金庫にあった一千兆エン・ドルの金貨、金塊を中心とした資産を押さえた。

その翌日の明け方、空にオーロラの光りが舞っている頃、アーリマン・ラーとアシュラが堤防を崩して再び水がたまった白湖の近くにいた。アーリマン・ラーがアシュラに蛇神剣を渡す。

アーリマン・ラー「約束通り、婚約の印として蛇神剣を贈る」

アシュラが蛇神剣を受け取ると、それだけでアシュラの体内にある生命の炎《クンダリニー》が激しく反応する。次にアシュラが蛇神剣を抜くと、剣の先から炎が噴き上がる。

アシュラ「確かに扱いは難しいね」

アーリマン・ラーは微笑しつつ言う。

アーリマン・ラー「アシュラなら、その炎の力を制御できるよ」

神話の中に、第三の眼《アジナ》を覚醒させた至破神《シバ》の腹の上で、その后である七面天女《ハリティー》が踊るという話がある。一般的には悪霊たちとの戦いで血に酔った七面天女が正常な判断力を失ってしまったので、至破神が仕方なく自分の腹の上で躍らせたと説明されている。しかし、死義書では、生命の炎は第六天に象徴される第三の眼の能力では制御できない事を説明している物語とされていた。もちろん、いわゆる理性などでは到底無理だった。この生命の炎の強烈な力を制御しようとするなら、真我に至り、真我によらなければ難しい。アシュラがそこまで考えたとき、アーリマン・ラーがアシュラを引き寄せた。アシュラが蛇神剣を鞘に収め、アーリマン・ラーとアシュラは口づけした。

これは白湖の空に緑のオーロラが舞っているなかでの出来事だった。

出発

実態は連邦政府の隠し金庫だった麻薬密売組織の討伐に成功したという連絡は大統領府を大混乱に陥れた。彼らはまさかアーリマン・ラーがまだ生きていることなど予想もしていなかった。その上、選民官僚たちの隠し金庫まで奪われてしまったのは全くの予想外だった。選民官僚たちはあわてて、アーリマン・ラーを中将に昇進させて、隠し金庫にあった金について話をしようと申し入れをする。もちろん、話し合いは口実で、実際は祝勝会で暗殺しようと考えての昇進だった。一方のアーリマン・ラーは選民官僚が暗殺を考えていることは予想していたので祝勝会の行われる白色星へ行こうとはしない。この時、太陽系はアーリマン・ラーとアシュラたちの革命軍と連邦軍が宣戦布告なき戦争を始めていた。

選民官僚は黄金星で革命軍に最も近い時輪共和国《シャングリラ》を連邦軍側に参戦させる同意をとりつけ、大規模な軍事援助を行って革命軍を殲滅するための準備を始めていた。

そのような状況に対応するためアーリマン・ラーたちは邪神要塞を急いで湖底要塞へと改造していた。その湖底要塞にある大会議室で今日、アシュラとアーリマン・ラーの結婚式が行われようとしていた。新婦側にはアシュラの養父である吉象と友人代表のエフがいた。新郎側にはカーリー皇太后の名代《みょうだい》としてサルタヒコ・ラー、そしてイアフメスがいた。まだ雑猫族の千代と秋田犬族の本彦は紺青星《ケインズ》にある天州国から到着していない。連邦軍による厳重な監視体制のために、紺青星からやってくるのに予想以上の時間がかかっていた。すでに婚約の印としてアーリマン・ラーからアシュラは蛇神剣を受け取っていた。しかしアシュラの方はアーリマン・ラーへの相応しい贈り物が思いつかなかった。

アシュラ「あたいはあんたに贈るものなんてないよ」

アーリマン・ラーが笑って言う。

アーリマン・ラー「愛だけで十分だ」

アシュラとアーリマン・ラーは吉象たちが見守る中、裏に太陽の鳥の模様がある誓紙にそれぞれが名前を記入する。

誓紙には三つの誓約がすでに書かれている。

一、二人は両性の本質的平等を認める。

二、二人は共に生きてある内は地上において霊交樹《タントリック・ツリー》の如く生きていく。

三、共に相手を信じられなくなった時、愛せなくなった時、結婚は解消される。

二人が署名したところへ連邦軍の厳しい監視を潜り抜けやっと千代と本彦、そして娘の亜美がやってくる。千代と本彦はアシュラのように強くて明るい子になるようにと願って一時、アシュラが使っていた名前を自分たちの娘につけていた。アシュラが思わず言葉をつまらす。

アシュラ「ママ……・」

千代はアシュラに駆け寄ろうとして、アシュラに渡そうとしていた霊交樹を刺繍したスカーフを思わず落とす。千代がアシュラを抱きしめる。

千代「アシュラ……」

すでに身長はアシュラの方が高いが、それでも千代は背伸びしてアシュラの頭をなでようとする。

千代「絶対、幸せになるんだよ」

アシュラが少し涙ぐみながら言う。

アシュラ「あたいはもう十分に幸せだよ」

今度は少しまじめな表情になって千代が言う。

千代「アシュラはもう子供じゃないんだから『あたい』はやめてわたしにしなきゃ」

今度は皆が笑う。

吉象「確かに飛鳥のアシュラ女王が『あたい』では困る」

飛鳥の国は両王制をとっており、王であるアーリマン・ラーの結婚相手は自動的に女王になる。
アシュラ「うん分かった。これからはわたしにする」
本彦が千代の落としたスカーフを拾って千代に渡す。これはアシュラに渡すために千代が一生懸命につくったものだった。千代がアシュラにスカーフを二枚渡し説明する。
千代「さあ、これをお互いの首に巻くのよ」
アシュラが一枚をアーリマン・ラーの首に巻く。アーリマン・ラーもまた、アシュラの首にスカーフを巻く。
アーリマン・ラー「すばらしい贈り物をありがとう」
二人がお互いを引き寄せ口づけする。地の底でささやかだが温かい拍手がおきる。亜美がアシュラに近づき言う。
亜美「アシュラお姉ちゃん、おめでとう」
アシュラ「ありがとう、亜美」
亜美がもじもじしながら言う。
亜美「ねえ、お姉ちゃん、今度、亜美とおままごとしてくれる？」

アシュラが微笑みつつ答える。

アシュラ「少し待っててね。戻ってきたら必ず一緒に遊ぼう。約束する」

アシュラは亜美に約束した。地の底でアシュラとアーリマン・ラーは新たな出発を始めた。

アシュラ青春編　終

あとがき

たかが解脱、されど解脱。

いわゆる精神世界《スピリテュアル・ワールド》へこの言葉を贈る真意を説明する前にまず出家法と在家法の概要を説明しようと思います。出家法とは解脱《ニルヴァーナ》を目標とする行法です。解脱とは輪廻転生が終わる状態、つまり人が人を卒業する事です。解脱する為に出家法では自分の欲望から卒業する必要があります。その為、環境としては欲望を刺激するような情報がほとんどない状態が必要になります。つまり穴倉のような空間でひとり瞑想する方法になります。その上に肉食妻帯の禁止等といった戒律を守ることも必須になります。これが本来の出家法であり、これを実践する者が出家者となります。

これに対して在家法の目標は転輪聖王《てんりんじょうおう》、つまり輪王になることです。これはあえて単純に言えば自分の心にある問題、つまり、欲望も心の傷《トラウマ》も劣等感《コンプレックス》も解消し、人として自分で自分が管理できる状態です。つまり心の状態が、六道輪廻を廻るのではなく、六道輪廻を制御できる状態になるという事です。普通の人の心は、私を含めて六道輪廻を廻っています。六道とは地獄界、餓鬼界、畜生界、修羅界、人間界、天上界の六つの世界であり、この心の状態を廻っているのが六道輪廻です。例えば、あいつが憎くて殺してやりたいという気持ちは地獄界という心の状態です。金、物、地位などをいくら集めても満足できず、無限に求め続ける気持ちは餓鬼界という心の状態になります。愛なくして女とやりたくて仕方がない。あるいは愛はないのに男が欲しくて仕方がない。これは畜生界という心の状態になります。あいつには負けたくない。常に敵を作り続ける気持ちは修羅界という心の状態になります。この心の状態がその場、その時に様々に変化するのが六道輪廻の状態であり、在家法では様々な欲望、心の傷、劣等感等は社会において適切に対処すべき課題となります。六道輪廻は適切に社会の中で対処すれば本来そもそも問題ではない。欲望に囚われ、自分を見失って人を殺してでも目的を達成しようとすることに問題がある。これが在家法の基本的な考え方になります。

先ほど、たかが解脱と書きましたが、ほとんどの人が本来求めているのはこの状態だと思っています。つまり実は在家法の目標である輪王になる事が精神世界で、いわゆる解脱、さとり、小悟、大悟を求めている人の目標だと考えています。いや、もう少し説明をすれば、普通の人が本当の解脱に到達したいのなら、まず在家法で自分自身の心の問題を解消し、輪王になってからでなければ無理なのです。

なぜこんな話を主張するのか？　それは釈尊、つまり仏教の創始者が輪王であったからです。釈尊は解脱するために出家しますが、出家前の状態は現代的に表現すると次のような人になります。この国で最も難しい大学の首席で、オリンピックの金メダリスト、超大金持ちの御曹司でもてもての人気スター……、という人が出家前の釈尊です。人としては最高の状態であり、だからこそ欲望から卒業できたのです。

それに対して私も含めた凡人は諸々の欲望を持っているのが普通であり、それとどう向き合い、どう対処すべきかが毎日の状態ではないでしょうか？　もっと単純に言えば、小学生が、いきなり大学受験して合格すると思いますか？　もちろん天才児は何万人かに一人くらいはいますから合格できることもあるでしょう。その天才児が釈尊であって、普通の人には無理なのです。やはり中学校、高校と段階を経て大学受験するべきでしょう。この大前提の認識がいま解脱を目指す多くの人々に欠けていると思います。即席麺ではあるまいし、八正道だ、××法だとか言って簡単に解脱できるようであれば、釈尊直説の小乗仏教が本場のインドで消滅することはありえない。

非常に分かりやすい例を一つあげましょう。みんなが「おいしい」と言って食べているアイスクリームをあなたが食べられなかったら、あなたはアイスクリームを食べたいという気持ちを棄てられますか？　非常に難しいはずです。人は経験した内容を内省して、否定することはできても、経験したことすら無いものを否定はできない。八正道という内省で、「アイスクリームなんてみんなおいしそうに食べていたって別に意味はない」と無理に押さえ込むのはやせ我慢だと思います。釈尊が卒業できたのは全て経験済みだからです。だからこそ同じ修行をしたにもかかわらず、弟子たちは釈尊入滅（死後）後、解脱できなくなってしまった。解脱できなくなってしまったから、大乗教にとってかわられた。

その大乗教には三段階あると言われています。在家法の視点で言えば、初期大乗《マントラ》、中期大乗《マンダラ》、後期大乗《タントラ》になります。これはすべて在家法で行うことが前提です。空論も唯識もすべてその方法の説明であって、それを勉強し、理解したからといって解脱できるものではありません。これも単純な例で説明すると水泳における教科書と実技になります。水泳の教科書をいくら読んだからといって泳げるわけではないという事です。

さて、ここであなたに質問です。いわゆる〝精神世界〟にあこがれ、解脱、小悟、大悟、見性、悟りといったものをあなたは本当に必要としているのですか？　本当は、自分自身の心の苦悩、人間関係の葛藤、不運続きの人生等をなんとかしたいというのが本来の目的なのではありませんか？　もしそうであるなら、出家法ではなにも解決しません。無駄どころか有害無益ですらあります。出家法はあくまで、人として完成した段階でしかすべきものではありません。

世の中では解脱だ、悟りだといってまるで万能薬のように宣伝している人たちが大勢いますが、ほとんどが勘違いをしています。まがい物の解脱は、〝たかが解脱〟として棄てるべきです。しかし、まれに本物の解脱もありますので、それが次ぎの言葉〝されど解脱〟となります。なぜ、そう言い切れるのか？　実は近現代において真に解脱した人が、解脱を説明した本があるのです。

その本の題名は『魂の科学』、著者はスワミ・ヨーゲシヴァラナンダ師と言います。これが、私が知るかぎり解脱について納得できる近現代における唯一の説明書です。私はこの本を読み、釈尊の伝説と考え合わせた時、解脱というものは、人が人の限界を超えようとする行為なのだと理解したのです。二人の共通項はなにか？　全てを棄ててでも、真理だけを求めるレベルにいた事です。この本の目的は解脱ではないので『魂の科学』についての注意事項はこれで終わりにします。なお、記載している参考文献は、すべて参考であって、本来、それぞれに注意事項を書くべきかも知れませんが、それをすると本文より長くなるので、ここまでにします。

さて、今なぜ在家法なのか？　それは人類が第二次世界恐慌の中にあって、このままでは第三次世界大戦すら起こしかねない危険な状況にあると考えているからです。戦争とはなにか。宗教と経済と歴史を原因として起こされる人類の集団行為です。この中でも最も変わり難いものは宗教です。宗教が変わらないかぎり、社会も世界も変わらない。宗教を一人一人の手に取り戻す。つまり、神、仏を、支配と洗脳の手段ではなく、人が共存できる世界へのアドバイザーに戻す。これこそ今、求められていることなのではないでしょうか。

どんな社会、どんな制度も基本は人です。コンピュータですら、そのプログラムを作り、そのシステムを運用するのは人です。今こそ、一人一人が求めるべきは自分自身を変えることだと考えます。一人、一人が変わってこそ人類全体が変わる。だからこそ人類全体で可能な在家法こそが、再度考えるべき方法である。

出家法の最大の問題点は、みんなでやったらそもそも人類は存続できなくなる点です。だから小乗仏教と表現します。小乗仏教の意味は、自分一人が助かる乗り物という事です。みんなが、女房、子供、親すらも投げ捨てて瞑想に集中したら世界は地獄です。

みんなが全体としてよりよき社会を目指すなら、みんなが仕事をしながら可能な方法であるべきです。在家法として本文中で説明しているのは、主として言葉《マントラ》であるのはそのためです。もちろん、在家法には他に神聖幾何学としての図形《マンダラ》、愛し合う者同士の愛昇法《タントラ》もあります。神聖幾何学については『フラワー・オブ・ライフ　第1巻』、愛昇法については『マグダラの書』を参照してください。全てについて賛成している訳ではありませんが、神聖幾何学と愛昇法のそれぞれの本質が分かると思います。ただ、私は誰でも一人でもすぐにできる在家法として、言葉による方法を基本にしています。始めにあったのは言葉。これを私は、波動でありエネルギーとして考えます。人が変わるとは、その人が自分の持つ波動を変える事。その為に言葉を使い、繰り返す。言葉こそ人が選択できる最も基本的な波動だと思います。これが本来の〝初期大乗〟の必然性なのです。物事の革新は最初に転換した時点にこそ純粋かつ典型的に現れるものです。つまり小乗仏教から初期大乗こそが最も典型的な革新の時点です。大乗教は初期大乗《マントラ》、中期大乗《マンダラ》、後期大乗《タントラ》と変遷します（前述）が在家法としては初期大乗こそが基本です。

精神世界の目的が、人類社会のよりよき未来を求めるものであるならば、その方法もまた、目的との整合性を持つべきです。誰かだけが助かる、誰かのために誰かが犠牲になるという方法では人類全体を革新できるはずがありません。

いま、人類が、全体としてよりよき未来、よりよき社会を目指すなら在家法であるべきです。だからこそ、六十億を超える人類の共存に賛成する人に次のメッセージを送ります。

「すべてはこれからの行動によって決まる」

「出家法はダメ、在家法でなければならない」

在家法の行者

不覚者　天上　十印

参考文献

『神の系譜Ⅱ　真なる豹』　西風　隆介著　徳間書店
『天空の舟　上　下　小説伊尹伝』　宮城谷　昌光著　文春文庫
『知の起源』　ロバート・テンプル著　角川春樹事務所
『ヤヌスの陥穽《かんせい》』　武山　祐三著　明窓出版
『維摩経講話』　鎌田　茂雄著　講談社学芸文庫
『パンツを脱いだサル』　栗本　慎一郎著　現代書館
『シリウスの都　飛鳥』　栗本　慎一郎著　たちばな出版
『ロック音楽と悪魔の呪い』　鬼塚　五十一著　日新報道
『自分ですぐできる免疫革命』　安保　徹著　だいわ文庫
『性に秘められた超スピリチュアルパワー』　夏目　祭子　5次元文庫
『金融のしくみは全部ロスチャイルドが作った』　安部　芳裕　5次元文庫
『天皇祭司を司っていた伯家神道』　編者　佐々木重人　徳間書店
『売られ続ける日本、買い漁るアメリカ』　本山　美彦著　ビジネス社

『官僚とメディア』　魚住　昭著　角川書店
『偽装報道を見抜け！』　高橋　清隆著　ナビ出版
『知られざる真実』　植草　一秀著　イプシロン出版企画
『日本国　増税倒産』　森本　亮著　光文社
『持丸長者　戦後復興編』　広瀬　隆著　ダイヤモンド社
『オーラ・パワー獲得法』　ジョー・H・スレイト著　心交社
『オバマ　危険な正体』　ウェブスター・G・タープレイ著　成甲書房
『タリズマン　上・下』　グラハム・ハンコック/ロバート・ボーヴァル著　竹書房
『恐怖の世界大陰謀　上・下』　デービイット・アイク著　三交社
『ロンギヌスの槍』　トレヴァ・レヴンズクロフト著　学研M文庫
『栄養療法辞典』　メルビン・ウァーバック著　オフィス今村
『超権力グローバル・ゲーム』　笹川英資著　工学社
『フラワー・オブ・ライフ』　第1巻　トランヴァロ・メルキゼデク著　ナチュラルスピリット
『マグダラの書』　トム・ケニオン&ジュディ・シオン著　ナチュラルスピリット
『魂の科学』　スワミ・ヨーゲシヴァラナンダ・サラスワティ著　たま出版

神炎暗黒神列伝《しんえんあんこくしんれつでん》

天上十印《あまかみじゅういん》

明窓出版

平成二一年六月一八日　初版発行

挿絵画家――龍樹

発行者――増本利博

発行所――明窓出版株式会社

東京都中野区本町六―二七―一三　〒一六四

電話　（〇三）三三八〇―八三〇三

ＦＡＸ　（〇三）三三八〇―六四二四

振替　〇〇一六〇―一―一九二七六六

印刷所――シナノ印刷株式会社

ISBN-978-4-89634-254-3

太陽暗黒神列伝

天上《あまかみ》十印

「何でも許されるのであれば、人は変われないとわかったということです」

「悔い改めれば、人は許される。これが妻や息子を殺した私や母から権力を奪って狂死させたあなたが、救われるために作った教義ではないか」

「重度中毒者とは、凶公の教義で心が中毒者であるうえに、肉体も麻薬で中毒者になっている者たちだった」

地獄というのは、時代遅れの感がある。しかし、地獄の思想が弱まったために、天国のハードルが下がり、社会のタガが緩みすぎているのも事実だろう。本書を読むと、現代人が忘れかけた地獄の恐怖がよみがえってくる。ほんものの宗教ほど人集めが苦手というが、誰でもてっとり早く天国にいける教義に飛びつきたがる。そんな中、時代に反抗し剛速球を投げ続ける天上氏に度肝を抜かれる。

天魔降臨編（てんまこうりんへん）
女神現形編（めがみげぎょうへん）
弥勒求生編（みろくぐしょうへん）

定価1575円

世界を変えるNESARAの謎
～ついに米政府の陰謀が暴かれる～

ケイ・ミズモリ

今、「NESARA」を知った人々が世直しのために立ち上がっている。アメリカにはじまったその運動は、世界へと波及し、マスコミに取り上げられ、社会現象にもなった。

富める者が世界を動かす今の歪んだ社会が終焉し、戦争、テロ、貧富の格差、環境問題といった諸問題が一気に解決されていくかもしれないからだ。近くアメリカで施行が噂されるNESARA法により、過去に行われたアメリカ政府による不正行為の数々が暴かれ、軍需産業をバックとした攻撃的な外交政策も見直され、市民のための政府がやってくるという。NESARAには、FRB解体、所得税廃止、金本位制復活、ローン計算式改定、生活必需品に非課税の国家消費税の採用など、驚愕の大改革が含まれる。

しかし、水面下ではNESARA推進派と阻止派で激しい攻防戦が繰り広げられているという。

今後のアメリカと世界の未来は、NESARA推進派と市民の運動にかかっていると言えるかもしれない。本作品は、世界をひっくり返す可能性を秘めたNESARAの謎を日本ではじめて解き明かした待望の書である。

定価1365円

高次元の国　日本　　　飽本一裕

高次元の祖先たちは、すべての悩みを解決でき、健康と本当の幸せまで手に入れられる『高次を拓く七つの鍵』を遺してくれました。過去と未来、先祖と子孫をつなぎ、自己と宇宙を拓くため、自分探しの旅に出発します。

読書のすすめ（http://dokusume.com）書評より抜粋「ほんと、この本すごいです。私たちの住むこの日本は元々高次元の国だったんですね。もうこの本を読んだらそれを否定する理由が見つかりません。その高次元の国を今まで先祖が引き続いてくれていました。今その日を私たちが消してしまおうとしています。あ゛ーなんともったいないことなのでしょうか！　いやいや、大丈夫です。この本に高次を開く七つの鍵をこっそりとこの本の読者だけに教えてくれています。あと、この本には時間をゆっーくり流すコツというのがあって、これがまた目からウロコがバリバリ落ちるいいお話です。ぜしぜしご一読を！！！」

知られざる長生きの秘訣／Ｓさんの喩え話／人類の真の現状／最高次元の存在／至高の愛とは／創造神の秘密の居場所／地球のための新しい投資システム／神さまとの対話／世界を導ける日本人／自分という器／こころの運転技術～人生の土台

定価1365円

シュメールの天皇家

鷲見《すみ》紹陽

著者が論の展開の根底に置くのは「陰陽歴史論」と呼ぶものであり、陰陽五行説にもとづいて説明できるものである。それは歴史観だけにとどまるものでなく、世界の歴史や文化は言うに及ばず、国家の仕組みや世界の相場、さらには人体にとっての大宇宙と小宇宙にも及ぶものであり、すなわち、それらはすべて宇宙の天体の型写しであり、人々はその影響下にあるとする著者の視点はシュメールまでさかのぼり、謎とされる失われたユダヤ支族と天皇家の深いかかわりについて論じている。スバル、北極星、オリオンといった天体と天皇家がどのような関係があったのかを独自の論法によって説く、その壮大な仮説と独特の史観は非常に興味深い。【月刊誌「ムー」〈学研〉にも書評が掲載された本です】

第一章　天皇家について／高天原はスバルである／天孫降臨の地は飛騨である／インドのナーガ族が天皇家である／日本とインドを結ぶ文明Xについて／インド・ナーガ帝国からシュメールへ／二つのシュメール、ウルクとウル／シュメールから扶余へ、二つのルート／扶余から百済、そして伊都国へ／邪馬台国と神武東遷について／天皇家とは何か
第二章　物部氏と葛城氏について／シュメールから越へ、そして魏へ／周から呉、そして狗奴国へ／倭人と邪馬台国の東遷／蘇我氏は呉である／物部氏とオリオン信仰
第三章　藤原氏について／ユダヤ十二支族から月氏へ／秦氏は月氏である／藤原氏は秦氏である／他　　定価1365円

「地球維新 vol. 3 ナチュラル・アセンション」

白峰由鵬／中山太将　共著

「地球大改革と世界の盟主」の著者、別名「謎の風水師Ｎ氏」白峰氏と、「麻ことのはなし」著者中山氏による、地球の次元上昇について。2012年、地球はどうなるのか。またそれまでに、私たちができることはなにか。

第１章　中今《なかいま》と大麻とアセンション（白峰由鵬）

２０１２年、アセンション（次元上昇）の刻《とき》迫る。文明的に行き詰まったプレアデスを救い、宇宙全体を救うためにも、水の惑星地球に住むわれわれは、大進化を遂げる役割を担う。そのために、日本伝統の大麻の文化を取り戻し、中今を大切に生きる……。

第２章　大麻と縄文意識（中山太将）

伊勢神宮で「大麻」といえばお守りのことを指すほど、日本の伝統文化と密接に結びついている麻。邪気を祓い、魔を退ける麻の力は、弓弦に使われたり結納に用いられたりして人々の心を慰めてきた。核爆発で汚染された環境を清め、重力を軽くする大麻の不思議について、第一人者中山氏が語る。

（他２章）

定価1360円

イルカとETと天使たち

ティモシー・ワイリー著／鈴木美保子訳

「奇跡のコンタクト」の全記録。

未知なるものとの遭遇により得られた、数々の啓示《アドバイス》、
ベスト・アンサーがここに。

「とても古い宇宙の中の、とても新しい星―地球―。
大宇宙で孤立し、隔離されてきたこの長く暗い時代は今、
終焉を迎えようとしている。
より精妙な次元において起こっている和解が、
今僕らのところへも浸透してきているようだ」

◎スピリチュアルな世界が身近に迫り、これからの生き方が見えてくる一冊。

本書の展開で明らかになるように、イルカの知性への探求は、また別の道をも開くことになった。その全てが、知恵の後ろ盾と心のはたらきのもとにある。また、より高次における、魂の合一性（ワンネス）を示してくれている。
まずは、明らかな核爆弾の威力から、また大きく広がっている生態系への懸念から、僕らはやっとグローバルな意識を持つようになり、そしてそれは結局、僕らみんなの問題なのだと実感している。

定価1890円

ヤヌスの陥穽《かんせい》 ～日本崩壊の構図～

武山祐三

崩壊への道をひた走る日本。

誰が、何の目的でそうさせるのか！

身の危険を承知で書き下ろした著者渾身の力作！

日本人は騙されている。本書はその現状に一石を投じる試みである。ヤヌスとは古代ローマの神だ。この神は入口と出口を司っている。入口は1913年の「ジキル島」の秘密の会議だった。陥穽とは陰謀のメタファー。

そして、出口は2012年。

常識は陰謀論を嫌う。だが、それが存在しないのなら社会はなぜ戦争という悲劇をこれ程までに負うのか。陰謀論を十把一からげにして、読みもしないで解ったつもりになっても何にも変わらない。この本はそのために目覚めとして書かれた。

社会の闇を覆う陰謀の姿を追う！

定価1365円